Fate strange Fake

4

成田良悟
Narita Ryohgo
插畫／森井しづき
原作／ TYPE-MOON
Illustration:Morii Siduki
Original Planning:TYPE-MOON

Kadokawa Fantastic Novels

我們放棄吧，該放棄了。

親愛的，我們已經無法處理那個孩子了。

他不會讓我們一族的魔術得以進展。會將所有的一切都毀掉！

難道，你要說那個孩子就是我們延續了將近兩千年，還遭鐘塔揶揄「也只是延續而已」的一族的末路嗎？確實有可能令鐘塔的人臉色驟變，但是很明顯的，我們也會遭到摧毀。不過，一定只有那孩子會存活下來。

欸，我們怎麼會生出那種孩子呢？

還是那孩子其實不是我們之間的……不，他的確是。對不起。

因為我們做過所有可能的驗證了嘛。無論是科學方面還是魔術方面的，都已經證明那個孩子無庸置疑是我們的結晶……這我當然清楚！

可是即使如此，我還是無法置信！

要是說現代仍然存在妖精，他其實是妖精的調換兒（Changeling）的話，我反而能接受呢。

親愛的，你也明白吧？

我們一族在三百年前忙成一團，結果判斷為「不可能」而封存的那個研究，那孩子才僅僅八歲就完成了喔！那孩子在無法表達與無法重現的情況下，僅僅靠感覺隨便弄弄就做到了！……對，沒錯。無法重現就不能稱為完成嘛……我明白，我很清楚啊！但親愛的，即使如此……

我好怕，我害怕那孩子。

要是那孩子是個優秀的魔術師，我和你理應都會以他為榮吧。

可是，不對，他不是。

那孩子不願意做出犧牲。一開始我也以為他是個具有魔術師不需要的溫柔的缺陷品，可是「那個」甚至不能算是缺陷品！就像原本以為是望遠鏡筒的東西，其實是大砲的砲身——他與魔術師「打從根本上就不同」。那是不一樣的東西，是截然不同的某種東西啊！

所以啊，親愛的……我有個想法。了結那個孩子，會不會就是身為魔術師的我們應負的使命呢？我認為終結那個孩子就是厄斯克德司家的魔術的最終目的喔。

欸，親愛的。

做出覺悟的時刻到了。

那個小孩，才不是我們的孩子。

而是從某個其他的世界混進來的存在。不是誰也不是什麼人物，純屬現象喔。

我們只是將那個現象誤以為是兒子，為他命名了而已……

名叫費拉特的孩子從一開始就不存在。

只是一處被畫上意義不明的塗鴉、遼闊的平坦（Flat）之地……對吧？

×　　×

費拉特・厄斯克德司。

當兩名男人明白他的存在與其「特異性」的時候，都奇妙地說出了相同的感想。

一人是人稱金融界魔王的古老魔術師。

另一人是向著有如綴飾了寶石的萬花筒般天空前去的魔法師。

儘管兩人分別處在不同的時間與場所，卻以同樣的言詞讚賞並非少年本人的其祖先。

「是嗎，終於『完成了』嗎？」

「連子孫都已遺忘的，厄斯克德司家一千八百年來的野心（過去）。」

間章
「日常的被膜」

『接下來是氣象預報。發生於拉斯維加斯西部的低氣壓目前——』

電視機上播放的內容，是一如往常的情報。

市民們看了往後的氣候資訊，懷著一喜一憂的心情各自前往上班地點。

目前的史諾菲爾德市，尚未發生混亂恐慌。

從十三柱英靈到齊的瞬間，「限期七天」的——混雜了眾多魔術師、美軍地下部隊，或是聖堂教會派遣的代理人等等——聖杯戰爭開始了。

迎接了戰爭第二天早晨的市民，仍然享受著這世界賦予自己的安穩。

然而，破綻其實早就以明確的形態開始顯現。

發生於沙漠地帶的瓦斯管線爆炸意外。

接連被飼主送進動物醫院，患上謎樣奇病的眾多寵物。

由家屬陪同帶進醫院的精神科，向醫生訴說「不想離開這座城市」的人們。

歷史悠久的歌劇院崩塌事件。

被認為是為了奪回遭到拘留的罪犯而向警署發動的恐怖行動。

該行動甚至還波及了相鄰的旅館。

以及突然從市區北方颳向位於中央區高樓大廈「水晶之丘」的神祕暴風。

儘管形形色色的事件在市內發生著，對那些沒有直接遭遇事件的眾人而言，這些都還不足以成為摧毀他們連綿不斷的日常生活的變故。

因為生活至今所累積的「常識」，在那時麻痺了他們的感覺。

在這些人陷入恐慌前，那些常識就會化成薄膜來包覆住日常，勉強讓他們看不見會迫使人瘋狂的火種。

又或者早就有許多人注意到了，卻仗著自己受了那層膜的包覆而依賴著虛有其表的安心感也說不定。

沒事的。

還不會有問題。

還沒有毀掉。

這座城市仍然平安。

——日常，一定馬上就會恢復。

這些沒有任何保證就累積起來的「但願如此」的願望，逐漸充滿了膜內空間。

正因為是這種狀態，在「總覺得、不知為何」的階段就覺得異常的人，感受到的才會是幸福，而非不安。

自己依然身處在充滿正常的空間裡。

自己仍然處在劃分出正常與異常空間的分界線內側。

其實，並不是史諾菲爾德的市民特別樂觀。

而是因為有人花費了八十年的時光，在這座為了虛偽聖杯戰爭而建立的都市各處不留痕跡地做了施加暗示的手段所導致。

像是公共設施與道路的配置、街上的廣告招牌與行道樹等等，每一處都施加了尋常魔術師乍看之下只會覺得是單純記號的魔術。或者會誘發特定心理效果的科學性領域的配色等，只有在許多要素重疊的時候才會發動的，深入居民身心的暗示。

要想正確測量出那些藉由組合魔術與非魔術事物雙方產生的暗示，就必須集結具備優秀觀測技術的魔術師，與像艾梅洛閣下二世那般擁有「從事物萬象中編列線索」之技能的人在場。

正因如此，這些「幕後黑手」才能夠至今為止都瞞著這件事。

瞞住旅行路過的眾多魔術師，瞞住為城市的急遽發展而心存疑慮的諸多社會學者，更瞞住那些實際定居此地，經營著人生的居民。

在這座名為史諾菲爾德的城市，這些人早就以會發生這種事態為前提，施加了能防範某種程度以下之恐慌的巨大且模糊的暗示。

因此即使許多動物病倒了，也能將「或許人類也會感染這種疾病」的疑慮與瘋狂壓抑到最小限度。

於是，這些居民仍然一無所知地迎接第二天的早晨。

他們並不知道自己是——

或者說甚至連這座城市本身，都是用來向虛偽聖杯獻祭的壯大祭品一事，他們都毫不知情。

不過，暗示終究是暗示。

這層透過暗示而貼上的，名為「安心感」的薄膜一旦繃緊了，遲早也會面臨極限。

可是對那些幕後黑手而言，這些都是無所謂的事。

一方面他們推測過，事態若嚴重到會令那層「暗示的膜」破裂的話，憑那些普通居民也無從抵抗吧。另一方面，在幕後黑手之中想要隱蔽魔術的那些人看來，他們甚至認為與其讓騷動緩緩增強，不如像煙火般隨炸即散還比較好。

總之，他們甚至不允許城市的居民有陷入恐慌的機會。

一邊聆聽自電視機播放的情報，並再次目睹那個事實的警察局長──奧蘭德．利夫，可恨地瞇細眼並喃喃自語：

「……有魔術師樣子的魔術師，與勤於貪汙的缺德政治家沒什麼兩樣啊。」

奧蘭德語畢，思考著自己又是什麼樣子。

從民眾的角度來看，只要貪汙行為沒曝光，他們就難分辨缺德政治家與優良政治家的差別。

那麼從一開始就不會現身於民眾眼前的眾多魔術師，更該歸為同一類吧？

雖然也有例外，但在一般人眼中，魔術師這種存在總歸而言「根本不是人」。

奧蘭德對自己不是那個「例外」有所自覺的同時，繼續聽著配置於局長室的電視機所播報的訊息。

那是根據地設置於史諾菲爾德的，當地有線電視局播放的報導節目。

在挑戰下一場戰鬥前的短暫閒暇中，屬於幕後黑手方又身兼警察局長的魔術師，靜靜聆聽著電視機播出的情報。

彷彿在珍惜播報員鎮靜的聲音般，他心裡想著「遲早會陷入恐慌吧」。

『下一則新聞。史諾菲爾德南部地區發生的瓦斯爆炸事故，對環境造成的影響是──』

第十章

「第二日　各自的早晨，各自的過去　I」

回過神來時，沙條綾香發現自己的意識凝聚於遠方的景色中。

不是因為遠方擺著罕見的東西，而是自己正奔馳在可以看見遠方森林的平原上。

自己似乎正騎著馬，因為看到了穿著盔甲的手握著轠繩。

——？

——是夢？

綾香注意到握緊轠繩的手臂並不屬於自己，並且察覺到她無法自由地駕馭這個身體。

不過，視野急遽變化讓她眼花撩亂，綾香因此推測，自己想必是與哪裡的某個人正共享著一樣的視點。

也是會有這種夢的吧？

綾香企圖這麼認為，卻又覺得這場夢非常逼真。

「理查——喂，理查！」

聽到朝這邊搭話的聲音，視界同時轉向另一處。

接著便看見背後有十數名身穿盔甲並騎著馬的男人，其中一人正馭馬靠近自己。

等馬在視野中停下腳步後，身穿盔甲的年輕人開口：

「理查，我們雖然照你的吩咐跟過來了，但你該不會是認真想要找吧？找亞瑟王的遺產那種玩意兒。」

針對男人的提問，被稱為理查的自己隨即答覆對方。

綾香並沒有開口，卻體會到言詞從自己的口中溜出來的奇妙感覺。

『那當然，我可是好不容易才弄到線索喔！』

「那只是喝醉的吟遊詩人在胡言亂語吧？」

『所以才是線索啊。吟遊詩人沒醉時所編的歌中，往往都巧妙地將真實隱藏於最深處。但是我不擅於解讀那種玩意兒，反而是他們醉得忘我時說出的話更容易懂。』

真是亂七八糟的理論。

綾香為從自己口中說出的胡言亂語傻眼，但是她從此人的措詞語氣中，完全明白了。

——啊……這個人是……

——被稱為理查的我……現在變成那個劍兵了嗎？

總算了解事態的綾香，對於自己夢到如此奇妙的夢只想嘆氣。

但是談話無視了她的感情，淡漠地繼續進行。

「只說有與亞瑟王有淵源的東西，具體而言是什麼都不知道喔！我們這些人很閒所以還無所謂，可是你這個王族認真到這種地步，到底是想要什麼啊？」

『什麼都行啦。』

「啥？」

『如果是勝利之劍(Excalibur)當然最棒，不過若是石中劍(Caliburn)、先鋒之槍(Rhongomyniad)或是傳說用來擊退魔貓時用的盾也可以。要是最後還能找到亞法隆的入口，讓我見一次偉大的祖王本人或者魔術師大人的身影，光是這樣我就能夠接受自己誕生在這世上的理由了。』

應該是理查的男人以天真無邪的聲音大聲訴說著，站在他身邊的年輕人紛紛苦笑。

「若按照傳說記載，王者之劍應該被湖中女神(薇薇安)抱進湖底了吧？」

『那就找出湖中女神，和她好好相處就行了吧？據說那個皮里亞斯卿也和湖中女神之一締結過契約，然後從卡姆蘭之丘活下來了喔！』

「那是無法名列圓桌的騎士吧？只是順利逃跑了而已啦。說起來尋找連是不是真的存在都不曉得的英雄遺產這種事情，不是身為王族的你該親自做的事情。」

『對偉大的傳說懷有憧憬，與身為王族還是平民並沒有關係吧？』

孩子氣的發言。

——該怎麼說呢……

——總覺得比平常的劍兵(那傢伙)還要像個小孩。

雖然稱他為王族，但是他對身邊人的態度與其說是對待家臣，不如說像是在對待親近的朋友。

然後，理查以聽似毫不在乎這些事的語調開口：

『要是真的找到亞瑟王的寶物，就表示那些諸多傳說都是真的喔！足以證明那些迷人的冒險故事，是在我們所站的這片大地上實際發生過的事喔！我們繼承了那名騎士王與他的臣子奔走過的大地而生存喔！光是這樣，我就能完全接受自己的命運了！』

「不是事實你就不能接受嗎？你啊，還是一樣老是說些好像突然發瘋般的話呢。」

騎在馬上的友人一臉錯愕，聳肩問道：

「那你要怎麼辦？乾脆我們陪你一起尋找聖杯好了？」

『可是搞不好會白跑一趟喔！』

「為什麼？和王者之劍與先鋒之槍有什麼不一樣嗎？」

『克雷蒂安老師以前對我說過，聖杯不是只靠尋求就能得到的東西，而是聖杯會自己呼喚它的持有者。那些曾經追求過聖杯的圓桌騎士，正是因為受到名為聖杯的命運之流所求，才能抵達聖杯呢。所以不用主動尋找聖杯，只要我繼續追求騎士的榮耀，它一定會以適合的理由拜訪我才對。』

理查一本正經地說出童話故事般的內容。

像是朋友的男人，對這段話中出現的某個專有名詞以耐人尋味的口氣說：

「克雷蒂安嗎？根據謠言，他好像曾經是能看透過去的德魯伊……」

『是啊，畢竟他確實像魏斯等部分詩人一樣，會將那個騎士王與圓桌故事描述得好像親自見識過，還帶著某種懷念般地唱出來嘛。就算說他是活了一千年的精靈我也不驚訝啦。』

「哎，都無所謂啦。反正結果亞瑟王遺物的線索並非出自克雷蒂安，而是由街上酒店裡某個連名字都不知道的醉鬼詩人吐出來的嘛。真是搞不懂會相信那種瘋話的你到底在想什麼。」

『怎樣的線索都好啦，反正我還不是國王。趁著還自由的時候，學習真正騎士王的足跡也很重要吧？』

從綾香的視點無法看到，但是理查的眼神恐怕正閃爍著光輝吧。

理查孩子氣的表情彷彿出現在眼前般，同時綾香的意識也配合著那樣的他的視點轉向了平原——

接著在那邊看到了奇妙的東西。

「趁著還自由？你現在就幾乎算是阿基坦的領主了吧……——嗯？理查，你怎麼了？」

『……有東西過來了。』

那是存在於平原上的一個點。

可是同時，他們察覺到那個點的身後正緩緩冒出煙塵，才理解到「那個」是正往這邊前來的某種東西。

一開始以為是奔馳於荒野的馬，但是體型大小不對。

最後，當眾人認為是「那個」所發出的轟聲傳達到這邊時，身旁的眾騎士才開始慌張。

「那是什麼？大野豬嗎！」

「馬車……？不對，沒有馬啊……從來沒有見過……那個東西有長腳嗎？到底是怎麼奔馳的？就算是猛獸，那種叫聲也從來沒有聽過！」

「喂！要抵達這裡了！」

「何等迅速啊！快逃吧，理查！」

理查無視身邊開始握住韁繩的騎士，綾香聽到他沉著冷靜的聲音。

『有意思……或許是亞瑟王傳說中的那隻大豬（Twrch Trwyth）的後代呢。』

——又在說我聽不懂的詞彙了。

不過，綾香並未覺得很不安。

一方面是因為理查的聲音充滿從容——

另一方面是因為往這邊接近的東西，是綾香早就知道真面目的東西。

那個在外形上與她所知的現存之物有差異的東西，隨著越來越接近理查，速度也開始減緩。

接著，那個東西在周圍發出數次猛獸咆哮般的爆聲後，在距理查約數公尺的前方完全停下了動作。

「這個……是啥啊？」

恐怕是打算在事態緊急時，擋在理查和「那個」之間吧。

在一旁待到最後的男性，疑惑地盯著「那個」。

「……鐵製的馬車……？」

『就算是，車輪還真厚呢。那個黑色的東西是啥？是什麼的皮革嗎？』

聽到理查充滿好奇心的話語時，綾香才恍然大悟。

——啊，是這麼回事啊。

——這是……理查活著的時代……是嗎？

若是這樣，就能理解理查等人奇怪的說話方式了。

接著綾香想著，果然自己眼前所看到的都只是夢而已。

——真是奇怪的夢。

——而且大家還都用日語交談。

因為要是這裡真是過去的世界，眼前之物正是絕對不可能存在的東西。

以蒸汽龐克風格的齒輪及充滿哥德風的鐵刺裝飾得凹凹凸凸——總之與自己所知的外形差距甚遠，很誇張的「那個東西」正坐鎮於理查等人的面前。

綾香很清楚那個東西要怎麼稱呼。

──汽車。

──……不對，是改造車吧。

看著眼前這輛好像會在動作片裡出現的汽車，綾香思考著「夢到這種夢的我到底處於何種精神狀態呢」。

──算了，反正從我橫越沙漠來到史諾菲爾德的瞬間，就捲入了騎士之類又或是王之類的事裡了。所以各種時代都混在一起了吧……

在如此思考的綾香視野裡，狀況起了變化。

鏘！鏘！從汽車車門內側發出了好幾次的打擊聲，周圍的騎士紛紛拔劍警戒並包圍了汽車。

下一瞬間，看來是因構造不良而卡住的車門忽然被猛力踢開──一名男性從內側現身。

接著，那輛「汽車」的窗戶一一打開，從中出現各種「像是樂器的東西」，並「吵鬧地演奏出」走調的音樂。

然後，以噪音聲響為背景，開朗的說話聲響徹全場。

「嗨嗨！阿基坦的年輕負責人大人與他有趣愉快的各位夥伴！你們可好？我很好但認輸嘍，

也就是舉雙手投降嘍。所以現在能否請各位收起手中的劍呢？」

用無法判斷真意的口氣說話的同時，高舉雙手走出來的男性——是一名打扮絲毫不輸他所搭乘的那輛汽車，或者該說比那更勝一籌的奇裝異服的男人。

他身穿著高調的貴族服，但與其說是王族，配色更會令人聯想到小丑，頭上則戴著奇怪的帽子。手中的拐杖不曉得是什麼構造，上面的裝飾齒輪正發出奇怪的聲音作動著。

綾香看到那名男性後，更確信了「啊，這果然是一場夢」的想法。

目前為止映入眼中的景色感覺上確實是統一的世界觀，才覺得這應該正是屬於騎士在馬上戰鬥的時代風景，然而突然出現的男人，卻在瞬間將這個世界觀摧毀到簡直令人感到不講理的程度。

那名奇怪的男人繼續對不肯收劍的眾人說道：

「哎呀哎呀！難道你們不懂愛與和平這個詞彙嗎？雙手舉高就表示投降喔！……不過以這個時代的文化來說又如何呢。不然要我高舉白旗也行，唉，隨便啦。總之我沒有帶武器，也沒有敵意。不如說我是來對毫無戒心地接受我的陷阱，特地跑來這種偏遠平原的你們表達敬意！」

「你說陷阱！」

「啊，糟了。不小心說出酒店那個醉鬼詩人是我設的陷阱的事情了。不過這也沒什麼關係啦，畢竟實際上你們已經出現在這裡，所以我的計畫成功了！好耶！」

男人的發言讓騎士們重新握好劍，緩緩縮緊包圍網。

不過像小丑的男人聳聳肩，用拐杖一邊敲著自己的肩膀，一邊開口：

「好啦，先等一下。你們先稍微放寬心胸如何？就連那個亞歷山大三世看到像我這種前所未見、舉止瘋癲又奇特的存在出現時，也是先樂在其中喔！」

「夠了！盡說些莫名其妙的事！」

『慢著。』

出現在綾香視野裡的理查的手臂制止了激憤的騎士們。

『……你說亞歷山大大帝怎麼了？』

「喂，理查！不要聽這種可疑人物的話啦……」

理查一邊制止想要阻止自己的夥伴，一邊向奇特的男人攀談。

『雖然不是我所敬愛的騎士王，不過對方都搬出那個偉大的征服王之名來與我比較了，那麼不管有多麼胡言亂語，我也得傾聽才行，對吧？』

接著理查在奇怪的男人面前盤起雙手，以堂堂正正的樣子搭話：

『繼續說下去吧。首先，你到底是什麼人？』

聽到理查這麼說，神祕男性開心地嘴角上揚，爬上改造車的車頂——以俯視這邊的形式嘹亮地報上自己的名號。

「仔細聽清楚了！我的名字是聖・日耳曼！聖・日耳曼！要把聖字區分開來也無所謂，不過還是輕鬆點，連著用聖日耳曼來稱呼我吧。沒錯，就叫聖日耳曼！名為聖日耳曼的享樂主義者，現在於未來的偉大之王面前現身了！這可是值得紀念的事喔！不過是對我而言啦！」

「你這傢伙！明知道理查貴為王族，還站在俯視我們的地方說話嗎！」

理查的一些夥伴雖然這麼說，但是並沒有那麼激動。

恐怕是因為他們都明白，理查這個人不是很在意身分的高低差距這種事情吧。

——哎，畢竟身邊的騎士講話時也都沒用敬語嘛……

正當綾香想著這些事時，理查仰望站在車頂演說的男人，嘴裡嘀咕的話語溜入她的耳中。

『哦……這還真是有如畫一般的姿態呢。』

——……

綾香回想起攀上巡邏車發表演說時的理查，想著「就是對那個荒謬的行為太過印象深刻，才會作了這種夢吧」，並接受了這個理由。

不過即使接受了，夢依然沒醒，理查的聲音清楚地在鼓膜四周響起。

『然後呢？聖日耳曼這個人對我而言是何種存在？』

接著，自稱聖日耳曼的男人再次大喊「這個問題問得很好！」然後擺出誇張的姿勢說道：

「我是企圖模仿過去英雄故事的你的路標，也是暗示破滅的警告者、宣告結束的預言者，有

時也會成為叼來希望樹枝的鴿子吧。對你而言，這些就是名為聖日耳曼的男人所扮演的角色。」
『真是貪心，總而言之就是宮廷魔術師之流吧？』
「很遺憾，我不是魔術師，也不是妖精、夢魔、吸血種或是時間逆行者，更不是橫越世界的魔法師。我充其量只是一名貴族，一名普通的詐欺師。」
自稱聖日耳曼的男人一邊華麗地旋轉手杖，一邊繼續說：
「所以你不需要記住我的名字，立刻忘記也無所謂。我再自我介紹一次吧，我叫聖日耳曼。忘掉這個名字也行，聖日耳曼……沒錯！就是聖日耳曼！聖日耳曼……名字並不重要，這就是名為聖日耳曼的男人。聖？或是……日耳曼？」
「喂，理查，快點讓他閉嘴吧。」
無視再次持劍備戰的夥伴，理查一動也不動。
『慢著。你若是詐欺師，我想問問你要如何騙我。』
綾香總覺得可以明白。
雖然自己無法親眼看到，可是現在理查的眼神一定像個孩子般正閃爍著光輝吧。
「哈哈！要欺騙你的不是我，而是你今後要踏入的世界……在由亞瑟王所催生出的眾多神祕前，你就會自己欺騙自己了吧。我只是要幫助那壯大的騙局而已。哎呀，總之就是來向你打聲招呼啦。為你即將踏入傳說，值得紀念的這瞬間乾杯啊！」

聖日耳曼從汽車上下來後恭敬有禮地跪地，沉穩地由下往上盯著理查。

在與他視線對上的綾香開始思考前——聖日耳曼率先開口：

「眼中深處的妳，往後也請多指教。」

綾香頓時感到背脊傳來一陣寒意。

她的本能明白了一件事。

剛才這個男人的話不是對著理查，而是對與他視線交接的自己所說的。

而且就像是為了證明綾香的想法，聖日耳曼隨即吐出只有綾香能明白其意義的話語——

「想必是從遙遠的未來窺伺著這一切的，對人生迷惘的人啊。」

× ×

就在這時，綾香醒過來了。

灰色的天花板映入眼簾，綾香察覺到自己正躺在床上。

背部與手掌微微冒汗，心跳也變得很快。

「哦，妳醒啦，綾香。妳真是的，戴著眼鏡睡覺只會更累吧。」

朝著聽慣的聲音傳來的方向望去，坐在床邊椅子上看書的劍兵身影映入眼簾。

他面前的桌上擺著大概是從旁邊的書架上抽出的各式各樣書本。

劍兵現在拿在手上的，是名為《The Life and Death of King John（約翰王）》的書，不過綾香不怎麼介意地以不滿的表情開口：

「因為昨天被某位先生折騰得很慘啊。」

「既然已康復到能抱怨，那我就放心了！不過為了預防萬一，妳可以再休息一下。畢竟天還沒亮呢。」

「……謝謝你。還有，對不起。我不是故意要發牢騷的。」

綾香對於自己朝幫了很多忙的人口吐惡言感到有些嫌惡，但是劍兵開朗地笑著回應：

「沒什麼好道歉喔！我折騰了妳也是事實，而且說不定今後還會繼續這樣做。再說，睡醒時有起床氣的女生比較可愛嘛。」

「……你還真樂觀。」

這時綾香想起了剛才所作的「夢」。

以夢而言，倒是挺清楚地記住了內容。

——那真的只是一場夢嗎？

不對。她的本能告訴自己那不是夢。但又害怕去確認其真偽。

「不過啊，這間屋子裡的書多得跟山一樣。雖然地下室盡是些魔術書，二樓倒是有堆積如山的歷史書和小說。英雄故事也很多，一點也不無聊呢！」

難道他一整晚都在看書嗎？看到有些興奮，眼中充滿光輝的劍兵，綾香不禁開口：

「我問你喔……」

「嗯？怎麼了？」

——你認識聖日耳曼這個人嗎？

綾香正準備問出口的時候，身體忽然僵住。

因為她想起了在夢境的最後一刻所見到的，那個奇怪男人的眼眸。她對在這裡直接提起那個人的名字這件事感到恐懼。

所以，她改口說出另一個在夢境裡出現過的專有名詞。

畢竟這也是綾香不認識的人，所以她認為只要看劍兵認不認得這個人，就能清楚判斷那場夢境到底是不是單純的夢了。

「那個……好像是叫……克雷蒂安……？你認識叫這個名字的人嗎？」

「克雷蒂安・德・特魯瓦老師嗎？真是懷念，他是受僱於瑪麗姊的城堡的宮廷吟遊詩人。他唱的聖杯傳說我都聽到煩了……抱歉，我不是要說謊，但我說錯了。其實是我纏著他，逼他唱了幾百次探索聖杯的詩歌給我聽，而且我也不覺得厭煩。」

「我想……是他會覺得煩吧……」

比起對於話題能夠順利進行而驚訝，綾香更先對於和平常沒兩樣的劍兵感到有些傻眼並說出自己的感想。

「不過真虧妳知道克雷蒂安老師呢。啊，難道妳也是圓桌騎士的愛好者？圓桌騎士很棒對吧！雖然克雷蒂安老師說過，姑且先不論他們身為騎士如何，但是身為一個人，實在是很扭曲什麼的，可是把那些部分也包含進去，圓桌依然是最棒的騎士團啊！」

綾香對圓桌騎士這個詞雖然有朦朧的印象，但是對他們的事情完全不清楚。

不過，就眼前的劍兵開心講述的樣子來看，應該都是實際上很厲害的英雄吧——綾香自然地接受這個想法。

接著，綾香便以此為契機，冷靜地思考。

——也就是說，剛才所作的不是單純的夢……是這樣吧。

現在想想，那種感覺與其說是在作夢，不如說像是眼前放映著由某人的視點所創造出的電影的一幕。

如果是這樣，難道是有什麼魔術性事物生效過嗎？

為了確認這個想法，綾香打算和劍兵談談剛才自己所作的「夢」，但是——

時機很不巧地，此時房門傳來了敲門聲。

聽到敲門聲的劍兵闔上書，同時詢問綾香：

「綾香，讓對方進來沒問題嗎？」

「……交給劍兵決定吧，反正我也只能相信你的判斷。」

綾香警戒著門外的狀況，將決定權委任於劍兵。

劍兵認真凝視著警戒中的綾香的臉，觀察一番後點頭表示：

「就我看來，頭髮既沒睡亂也沒有眼屎，身上穿的衣服也沒有走樣。好，應該沒問題吧！」

「咦？啊……嗯，我想……沒問題吧。」

「是嗎？喂——你可以進來嘍。」

劍兵對門外的人如此呼喊後，門把迴轉，舊式設計的門扉被緩緩推開。

「……有睡上一會兒嗎？」

站在面前的，是一名依外貌來看稱為少年也不為過的青年。

脖子以下穿的是以黑色為基調，像是特殊部隊制服的服裝，與年幼的容貌不一致的打扮，令觀者十分困惑。

綾香望著這樣的青年，一邊說出對方的名字，一邊問道：

「呃……你是西格瑪……對嗎？」

綾香警戒著他收於槍套的槍械與小刀並提問後，青年冷漠地說出一件事實，取代直接答覆這個問題。

「這間屋子……已經被包圍嘍。」

×　　×

同一時刻　廉價汽車旅館內

建於車流量鮮少的路邊的一棟汽車旅館。

遠方雖然可見市中心的高樓群，這一帶卻是個除了汽車旅館以外，沒有什麼像樣建築物，隨處可見棄置資材放置場的地方。

然而即使以此為前提——甚至把現在是黎明前這件事也考慮進去，人與車的數量看起來還是少得過頭。

在彷彿僅有該處的時間停止的寂靜空間中，出現複數像是自黑暗裡滲出的人影。

那是身著樸素西裝，與這種場所絲毫不搭調的九名男女。

其中一人向站於集團中央的男人報告：

「術式的確認已經完成，周圍不存有結界，沒有行使魔術的痕跡，也未有魔力不安定的現象。」

「……真的是這裡嗎？」

有如領袖般的男人對部下的報告感到疑惑。

如果事前得到的情報是正確的，那麼以這裡為據點的人就是隸屬於俗稱「鐘塔」魔窟的現代魔術科——「艾梅洛教室」的魔術師。

足以獲選為聖杯戰爭之主人的人物，有可能做出不展開任何結界這種悠哉行為嗎？

對手應該不是被魔術師的暗示塑造成間諜的可憐普通人，而是魔術師本人才對。

在戰鬥部隊有多年經驗、應該是領袖的男人，考慮著是某種陷阱的可能性，慎重地重新擬定作戰計畫。

一切都是為了以「楚茨文格（Zugzwang）」之名帶來完美的結果。

楚茨文格是從東歐的艾因斯卡亞家族所誕生的魔術集團。

原本隸屬於以羅馬尼亞為據點的名門勢力「千界樹」，數百年來都以早期處理部隊的身分接受任務，收拾掉在君主一族四周打探情報的害蟲。

不過，在千界樹一族於半個世紀以前力量衰退，名門勢力解體後的現在，楚茨文格已經變化成以無拘束的魔術集團身分，承包各種愧對良心工作的組織了。

雖然作為魔術師的本領不是特別出色，但是行事俐落且毫不留情的工作態度讓他們有不錯的評價，因此藉著承接來自魔術師一派、不知道魔術世界的政治家乃至金融界人士等各式各樣委託，才總算得以糊口。

沒錯，只夠糊口。

對職業殺手來說報酬算是很高了，然而他們也是魔術師。半吊子的報酬根本無法讓他們過奢靡的生活。

這時一個好機會找上了他們。

委託人開出的報酬是和至今的工作相比十分懸殊的金額，而且帶來的委託是連他們魔術師都非常有興趣的工作。

「我要你們去奪取主人的權限，參加史諾菲爾德的聖杯戰爭。」

楚茨文格原本還心存疑慮，但是委託人金滿家的魔術師讓他們看了透過使魔映出的視覺影像後——兩柱英靈間的戰鬥與最終產生的巨大撞擊坑——也不得不相信對方了。

這片土地上正在掀起可能會撼動魔術世界的巨大浪濤。

雖然有危險，卻也是個好機會。

於是他們花了一天在城市四處鋪設情報網，最後終於抵達其中一名主人的潛伏處。

他們並不知道。

他們以為是靠自己的能力所掌握到的主人情報，其實是早一步先掌握到該消息的男人——法迪烏斯刻意洩露的資訊。

他們只是幕後黑手們為了測試作為目標對象的主人——費拉特·厄斯克德司的力量而派出的試探用白老鼠。

「楚茨文格」就在對此事渾然未覺的狀況下，靜靜地踏入地獄。

「……首先確認對象的正確位置。士兵一號至三號前往旅館二樓查勘，四號到六號探查一樓，七號與八號與我去掌控管理員室。用暗示讓管理員說出情報後就收拾掉他，目擊者比照處理。」

魔術師以一族為單位傳承的魔術刻印。

他們硬是將其分割，其中一半由稱為「國王（King）」的領袖擁有，另外一半則再細分為八份分給稱為「士兵」的部下們埋入體內。

一般狀況而言，被分割到如此破碎的魔術刻印，頂多只能給予微乎其微的魔力強化效果，但是——楚茨文格用的據說是以「國王」為首，同步全體人員的刻印，並以大幅削減眾「士兵」的魔術迴路與壽命為代價，強制性地將他們的能力拉至與「國王」相同位階的一種特殊魔術。

正當「國王」打算發動魔術，現出烙印於自己手臂上的魔術刻印時——他看到了「那個」。

「露出你們的魔術刻印。我會一如往常地將你們拉上我所處的位階。」

他看到了與自己長得一模一樣的男性，站在集團的中心處，說著自己一直以來說著的台詞這樣的光景。

「什麼……！」

雖然發出了聲音，卻沒有任何一名「士兵」看向自己。

是遭到某種魔術性妨害了嗎？他們似乎甚至沒有注意到自己的存在。

在這片只能認為是自己靈魂出竅了的光景中，與自己有著相同面貌的男性，正在做著與自己毫無偏差的動作，與眾士兵的手臂重疊在一起——

——大事不妙。

——快停下！各位！不要和他的手臂重疊啊！

「國王」雖然察覺了微弱的魔力流動，但是警告的吶喊卻沒能趕上。
不，自己出聲吶喊的時候，聲音究竟有沒有傳達到那些「士兵」耳中呢？
就在腦海瞬間浮現這疑問之時——與自己長相一樣的男人將那句話說了出口：

「三、二、一——集約開始。」

「嘎啊……」「呀啊！」「嗚呃……」
一瞬間，與他手臂重疊的八名「士兵」彷彿遭受雷擊似的全身痙攣，就這麼翻白眼地倒臥在汽車旅館的入口前。
這是藉由全員要同調魔術刻印的時機，偽裝成「國王」本尊的魔術刻印發出的波長，將強力的詛咒直接打入身體內部的攻擊。「國王」如此判斷，並瞬間理解到我方已陷入絕境。
但是為時已晚，模仿自己樣貌的男人已經消失蹤影。
接著，後腦傳來某人的指尖碰觸自己的感覺——注意到時，他也一樣倒臥在地面。
楚茨文格的領袖「國王」雖然意識尚存，但在朦朧之中還是花了幾秒才理解到自己的敗北。
壓在冰冷柏油路面上的右耳冷冰冰的，朝著天空的另一耳則是聽見淡然的男性聲音：
「原來如此，你用了挺有意思的魔術呢。沒想到會藉著割讓魔術刻印讓自己成為群體的王啊。該說是種不可思議的因緣嗎……」

這時，從嘴裡嘀咕著奇怪話語的男性身後，又響起了一道舒緩了緊繃氣氛的從容聲音：

「沒事吧？哇啊！你真的變得和那個人一樣呢。」

「要連記憶都完全拷貝很困難，不過表層的部分或是長年以來的制式行為倒是能讀取。若是這點水準的魔術師，我連技術都能百分之百重現就是了。」

「傑……狂戰士先生，在本人面前說『這點水準』，這樣很失禮喔。」

「唔……抱歉啊。這個男人的個性似乎有點傲慢。話說你剛才是不是差點說出我的真名了啊？」

狂戰士。

聽到即使稱為少年也沒問題的青年說出的這個詞彙，暗殺者(魔術師)明白了。

看來那個將己方「楚茨文格」一網打盡的存在，也是在名為聖杯戰爭的儀式中稱為「英靈」的存在。

而且「國王」判斷，這名少年恐怕就是他們暗殺對象的魔術師——費拉特·厄斯克德司。

——完全失敗了。

——這就是英靈嗎？沒想到對方甚至不允許狀況發生啊。

同時，他也覺悟到自己的命運將到此為止。

還有自此逆轉勝負的機會嗎？雖然以魔術師的角度，或是以熟練各種工作的暗殺者角度考慮了各種手段，但是處在全身遭受詛咒侵蝕，連求饒乞命的聲音都發不出來的現況下，他很明白已經無能為力。

若要說還有什麼好機會，就是他們向自己詢問僱主等情報的時候吧。但是在失去「士兵」的狀態下，又能對這名帶領英靈的魔術師對手做到什麼事呢？

——原來如此，聖杯戰爭嗎……對魔術師而言，能成為如此浩大之大魔術的養分，或許也是一件美事吧。

處在連自殺都做不到的狀況，「國王」祈禱著，希望能死得不那麼痛苦——但下一瞬間，他聽見了奇怪的悠哉對話。

「那麼主人，接下來怎麼辦？」

「嗯，總之先拿繩索綁住他們，扔進我們加租好的旅館房間裡吧！話說回來這樣就追加九人啦……還是再多租一間房間比較好吧？」

「塞進房間就夠了吧？我要搬運他們了，你稍等一下。」

「沒問題啦，驅人的結界我會直接拿這些人鋪設的做補強來用。」

就像在閒聊般交談的主人與使役者。

「國王」在不明所以的情況下拚命用勉強能動的眼球往上一看——眼前是一名年紀尚輕的金

髮青年，及那名與自己有相同外貌的男人。

然而，那名有著與自己相同面貌的男人身影突然消失，下一瞬間又出現一名身高超過兩公尺，肌肉發達的巨漢。

接著，將八名「士兵」一次抬起的巨漢也向自己伸出手，最後他就這樣和部下毫無分別地一起被搬走了。

數分鐘後——

這名被塞進汽車旅館某間房間裡的「楚茨文格」的「國王」，在此確認了這些「士兵」無一人死亡的事實。

——……？為什麼要讓士兵全活下來？

——若是要用拷問逼出情報的話，留幾個活口就夠了吧？

——難、難道是想做據說史夸堤奧家族有在實行的「人體的魔術結晶化」嗎？

回想起傳聞中聽過的不人道魔術機構（System），「國王」冒出冷汗。

一看，發現除了己方人員，房間地板上還倒著其他數名魔術師。

「國王」心想，這些人應該也與自己一樣是以諜報活動及暗殺任務為主業的魔術師吧。這時，他聽到了金髮少年「啪啪！」的拍手聲。

「好啦！呃——各位，對你們動粗真是不好意思呀！因為感覺各位殺氣騰騰的，所以我才先請狂戰士先生把你們抓起來！各位魔術師中要是有人只是純粹路過的，那就……對不起了！」

「……」

見到這些魔術師疑惑地看著這邊，費拉特．厄斯克德司看似困惑地向身邊的巨漢開口：

「狂戰士先生，怎麼辦？大家好像都在警戒耶。麻煩你變成一些能讓他們放鬆警戒的人啦，像是小孩子或是小丑之類的……」

「喔……」

如此嘀咕的巨漢——狂戰士（開膛手傑克）的身影瞬間消失，現場旋即出現一名年幼的少女。

「哇哇！所以我就說嘛！為什麼你只要一變成小孩，就會是穿那種像是泳裝的衣服啊？」

少女姿態的狂戰士對慌張拿起手邊床單為自己披上的費拉特答道：

「我試過好多次了，就是會變成這樣。總覺得變身成這女孩就很放心。但是會變得想解體各種東西，我想這還挺糟糕的。」

「那豈不是讓人一點都不能放心嗎！快點在被警察看到你解體什麼之前變回原樣吧！你看！大家好像都在用奇怪的眼神看你了！」

一看，那些被施過魔術性封印處理的封箱膠帶所綑綁的魔術師們，正看著少女姿態的狂戰士擻抖抖地打顫。他們本人似乎是在不明就理的情況下，基於某種本能、根源般的恐懼而顫抖著。

「唔——」

狂戰士發出孩子般的低吟後再次消失，接著出現的是名非常有英國貴族風貌的青年。

（這樣如何？是當時被列為英國貴族的人。嗯，這個姿態也和剛才的少女姿態一樣能讓我放心呢。這個說不定是我真面目的有力說法之一呢。嗯，這個狀態下與其說想解體東西，不如說似乎更有想玷汙靈魂的欲求呢。）

聽到狂戰士以念話攀談的費拉特一邊點頭表示理解，一邊回以念話。

（說不定，傑克先生變身成與自己真面目相關的有力說法時，狀態就會更穩定呢。不過，麻煩你不要被那種欲望給牽著跑喔！）

（要是理性喪失到那種程度，恐怕靈基本身也會發生變化，變得不再是狂戰士了吧。萬一真的發展到那種地步，你就用令咒讓我自殺吧，懂了嗎？）

（傑克先生……）

（這是我提出的小小請求，主人。我不想以半吊子的形式決定自己的真面目啊。）

互相交換這段念話後，費拉特既沒有表示同意也沒有拒絕，而是彷彿刻意要轉換話題似的，向那些魔術師開口：

「呃——向你們介紹一下吧。躺在淋浴間前面的是雷克薩姆，冰箱前的是柯契夫，沙發前的是迪凱爾。角落邊那個將黑髮染成金色的人是相良。然後剛才一起被搬進來的九個人是……呃？」

費拉特詢問狂戰士，狂戰士讀取表層的記憶回答：

「楚茨文格，他們是九人一體的團塊，這樣稱呼就行了。」

「好的！那麼，楚茨文格對吧？呃——我們已經要離開這間旅館了，不過我會把你們的封印設定在今天傍晚左右時一起解除。但要是你們在一解除時就廝殺起來也很頭痛，所以魔術迴路還會再封印個三天左右。」

封印魔術迴路。

還有意識的魔術師，都對這句以非常輕鬆的語氣說出的話語皺起眉頭。

對不打算殺死自己的少年的態度也是。

「嗯。主人啊，這種處置會對有九人的楚茨文格有利不是嗎？」

「啊，對喔。那就把其他四人搬到我們原本使用的房間裡，並設定成提早三十秒解除封印好了。只要有三十秒的差距……嗯，我想要逃命還是要幹嘛應該都做得到吧。」

聽到費拉特語氣開朗的說詞，皺著眉頭的魔術師中，其中幾人彷彿反而對此生起氣來。

對眼前這名絲毫沒有魔術師覺悟的存在，只是得到了名為英靈的武器，就能乾脆地使自己束手無策的這個現實感到火大。

但是那份情感立刻顛倒過來。

因為看著這些瞪視著費拉特的魔術師們的狂戰士，一邊摸著下巴，一邊向主人問道：

「主人啊，不把他們收拾掉真的好嗎？」

「你就那麼想要殺人嗎？」

「不是啦……雖然我和他們的確有著會互相廝殺的命運……不如說有種彷彿過去已經殺過好幾次了的感覺，不過恐怕是在不同位相的世界的事，或者是世界晃動的一種吧。我會服從主人的決定，但是也沒有不殺他們的理由吧？」

「我不會殺他們的。傑克先生，人的生命可是比地球還要重喔！」

費拉特做出以魔術師的角度來看，聽了會令人愣住的發言。那些聽了這段發言的俘虜雖因忿怒而顫抖著——

然而下一句話成為契機。

讓至此之前雖然認同費拉特有魔術才能，卻也認為他是「只是擁有魔術迴路，毫無魔術師氣質的大少爺」、「連身為人的天真想法都抹消不了的缺陷魔術師」的這些魔術師，一起改變這些想法的契機，是他的發言，以及他在那瞬間流露的瞳色。

「人的生命——包含這些人的在內，都是用來飛越地球的重要零件喔。」

眼神。

費拉特說出此話時，露出了既不是魔術師該有的，更不像是尋常人類會有的眼神。

好像有什麼突然脫落似的空洞，又或是看透世間萬物一般，「充滿空虛」。

體會到至今從未感受過的氣息，讓魔術師們一起明白了。

站在眼前的這名少年，並不是魔術師。

但也不是魔物或人偶之類的東西，身體與心確實是人類。

可是這些魔術師的本能都告訴自己，他所注視的「前方」與自己如天壤之別。

這個叫做費拉特．厄斯克德司的男人究竟在看著什麼，他們完全無法理解。

狂戰士雖然在這幾天的陪同間也一直有所感覺，但是他並沒有說出口。

因為他感覺得到，費拉特不是僅以善人惡人這種範疇就能談論的存在。

彷彿為了證明狂戰士的想法，費拉特以毫無善意與惡意的語氣繼續說下去：

「要是這麼簡單就殺掉了，豈不是既可憐又浪費嗎？」

在因恐懼而全身僵硬的魔術師們面前，還是只有狂戰士察覺到——

如此嘀咕著的費拉特臉上，浮現了一抹像是寂寞的神情。

——距離傑克將寶具——為止，尚餘二十小時。

×　　　　×

同一時刻　史諾菲爾德市區　後巷

「人類這種生物，如今還真是相當浪費生命呢，總覺得真可憐。」

這裡是位於距離高樓林立的市區稍微有點距離的，黎明前的暗巷。

來往的人潮恰如其分，但在散發著絕對稱不上治安良好的氣氛的小巷中，一邊環伺四周的菲莉雅——正確而言，是附在菲莉雅身上的「某種事物」如此嘀咕著。

「……浪費嗎……？」

回應菲莉雅的是走在她身後，感覺有些懦弱的女性魔術師。

菲莉雅聳聳肩，對語氣戰戰兢兢的她繼續說道：

「沒錯。該說是浪費，還是活得太匆忙了呢？沉浸於瞬間的快樂是不錯，可是既然如此，又為何不強烈執著地去享受那個瞬間呢？」

在菲莉雅視線前方的是喝得爛醉正在鬧事的男人們，以及十分適合後巷這種地方的粗獷小混混們。

「像那個人把奇怪的藥草冒出的煙吸入體內，那邊那些人身上散發著下流的反濺回來的血的味道，想要頹廢地醉到死去是無所謂，可是反正都要死，明明可以死得更漂亮一點啊。」

說出那種話的菲莉雅的打扮，在這種暗巷中格外醒目。

彷彿透明般的白銀髮絲隨風吹拂，鮮紅的眼眸在如雪般白皙的肌膚襯托下，散發著耀眼的光輝。

那過於端正的容貌有如人工製品，但或許是受到正在驅使她身體的事物所影響，那副容貌被充滿活力的感情裝飾後，也有了人類般的生動表現。

「嘿！兩位小姐，這種時間居然到這種地方來啊啊吧噗啵啵——」

「真礙眼。不過因為我沒聽到那些骯髒話，就姑且饒了你。趕快消失或是去死吧？」

雖然從剛才就多次有小混混般的男人過來搭話，但是她只是將視線移過去而已，那些人就口吐白沫倒地了。

走在後面的魔術師少女知道他們倒地的理由。

是裹在菲莉雅身上那股過於濃密的魔力，集聚到連沒有魔力迴路的一般人也感覺得到的程度，直接衝擊了那些小混混的大腦。

——體內魔力(Od)？還是體外魔力(Mana)？還是某種與小源大源的概念不同的真理……？

魔術師少女感覺到盤旋在對手周圍的魔力奔流，身陷恐懼之中。

雖然能感覺到菲莉雅身上裹著驚人的魔力量，但是真正恐怖的是那股魔力以她為中心，形成半徑三公尺左右的魔力半圓球並滯留於她周圍一事。

更進一步來說，魔力完全沒有洩出那顆半圓球的外圍，可以說是在一顆以菲莉雅作為核心的小型星球模型上，有魔術能量在循環著。

眼前的這個存在，不是魔術師。

她是艾因茲貝倫的人工生命體——菲莉雅。這個情報事前就聽說了，但是現在的她只是保有其外觀，既非人工生命體也非魔術師，也是與一般英靈不同的某種存在。

對於在完全未知的事物面前膽怯的這名少女，有著菲莉雅外貌的某種事物開口：

「妳也一樣喔，哈露莉。雖然自我犧牲的魔術在我那個時代並不罕見，可是妳至少該用開心的態度犧牲自己嘛，這樣看起來很令人心痛耶。」

菲莉雅的這段發言讓魔術師少女——哈露莉覺得自己的內心被看穿了，身子不禁一震。

哈露莉．波爾札克。

未隸屬於鐘塔的異端魔術師，但是有卓越的黑魔術本事。是名懷著某種目的，以魔術性質的方法接近美國時被法蘭契絲卡撿到的少女。

儘管在索求犧牲的黑魔術中，她是個只願意將自身血肉獻為祭品，甚至完全不作任何咒殺行動，反而最擅長「反彈咒殺」的異端，但她身為魔術師的本事可說是一流的。

不過，她雖然是優秀的魔術師，也對自己能夠使用魔術自豪，但是由於某件事，她一直以來都對「魔術世界」懷抱著強烈的憎恨。

她為了毀滅這樣的魔術世界，接受了法蘭契絲卡所提出的交易。

假如能親自得到聖杯，她打算使那些魔術世界刻意加上的隱蔽全部失效。

受到被一般世界所認知的影響，神祕性會變得稀薄，魔術師就會距離「根源」更遙遠才對。

或者說她甚至想要祈求讓魔術這個概念從世上消失，才決定挑戰聖杯戰爭——然而卻遭到召喚出的狂戰士攻擊而身受瀕死的重傷，接著又得到依附於菲莉雅身體上的「某種存在」所救，因身處於享受著這種奇特命運的狀況，現在才會漫步於治安敗壞，黎明前的暗巷中。

據說如果是優秀的魔術師，一兩名惡漢根本不足為懼，若是在鐘塔中獲賜「典位」及「色位」那類高階魔術師中專精於戰鬥的人，應付暴徒集團或尋常軍隊的小隊程度也完全沒問題，若是把戰鬥技術磨練到精的極少數魔術師，只要掌握了弱點，甚至有可能獨自應付一個小國家的軍隊。

可是哈露莉的情形不一樣。她確實是優秀的魔術師，卻完全不適合直接上場作戰。靠著使喚使魔是可以趕跑數百名左右的惡漢，但是背後要是突然遭到刀子等武器刺中，就算把魔術刻印的恢復機能也考慮進去，根據受傷的位置不同，還是不得不做好喪命的覺悟。

對這樣的哈露莉而言，原本能同時成為她的盾與矛的就是所謂的使役者。但是她所召喚出的英靈受到狂戰士職階的影響而失去了理智，就連能聽從自己的指令到哪種程度都不知道。

但是——哈露莉望向菲莉雅。

她看到棲宿在那個人工生命體體內的「某種存在」，彷彿像在馴服小狗般，輕鬆地駕馭住那樣的狂戰士。

雖然靠著菲莉雅的居中協調，哈露莉與狂戰士正式締結了契約，然而哈露莉仍無法認為她召喚出的狂戰士是自己的使役者。

哈露莉抬起視線往頭頂上方一看，「那個」正跟隨在一旁。

彷彿由機械製成的蜘蛛與獅子所融合般，噁心的機械人偶(機器人)英靈不但沒有靈體化，還像隻從電影裡跑出來的巨大蜘蛛般，在大樓的牆面上攀爬遊走著。

可是感覺不出那是具有魔力的物體。不僅沒有發出聲音，就連身在大樓中的人也沒有因此引發恐慌。

菲莉雅挺胸告訴對此存疑的哈露莉：

「沒事的，氣息和身影都已經完全遮蔽了，現在只有我和妳才看得到，所以放心吧。」

菲莉雅說得很輕鬆，但是能理解這個招數究竟有多厲害的哈露莉，又再次對眼前的存在感到恐懼。

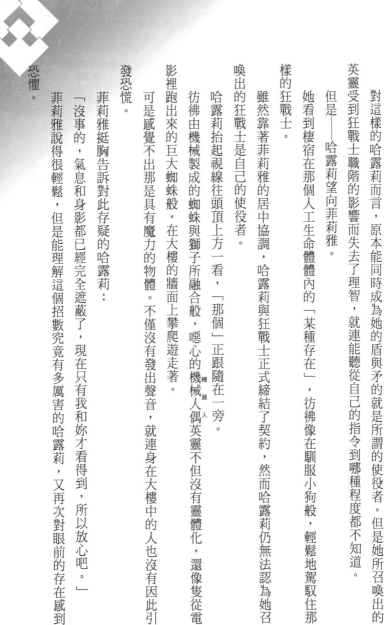

自從與她相遇過了整整一天後的現在，哈露莉仍然不明白對方的真面目或是目的。

即使召喚狂戰士時所受的傷已經藉由菲莉雅的手而痊癒，但是為了失去的禮裝與修復損傷的魔力迴路，更重要的是為了收集周圍的情報，哈露莉便窩在自己的魔術工坊裡。

在這段期間菲莉雅不曉得消失蹤影跑去了哪裡，到了晚上回來時又發牢騷說著「昨天我因為覺得稀奇而花了一整天去觀察了許多國家……看起來是很華麗沒錯，但總覺得挺無聊的呢。不過，和我的時代相比確實有不少該給予讚賞的地方啦」，然後牽起哈露莉的手硬是將她帶出工坊外。

不擅面對強硬態度的她實在難以開口，但她還是鼓起勇氣詢問菲莉雅：

「請問……我們現在要去哪裡啊？」

「什麼哪裡？當然是其他使役者的所在之處啊。」

「咦？」

哈露莉的腦海頓時一片空白。

對哈露莉的反應覺得不可思議，菲莉雅歪著頭費解地問道：

「妳正在進行聖杯戰爭不是嗎？我只是稍微協助一下，讓妳有機會獲勝而已啊。因為與我的目的一致嘛。」

「……妳該不會想直接進入其他主人的據點吧？」

「是啊，就在前面。是個僅有面積可言，有點骯髒的工坊並排的地方。雖然我根本不想靠近那種飄著煙味的地方。」

微微地嘆了口氣後，棲宿於菲莉雅之中的「某種存在」抬頭看向映著朝霞的天空，喃喃自語地說：

「不過還是無法忍受『我的庭園』變得充滿泥臭呢……必須立刻清洗才行啊。」

×　　×

同一時刻　警察局

身負史諾菲爾德警察最高職位的局長奧蘭德．利夫，切斷了與自己的使役者術士連接的共享感覺。（註：Caster職階自本集開始由「魔法師」更改為「術士」）

因為他一直覺得自己並沒有要使役者去做偵察工作——反過來說，也不覺得有必要將自己這邊的情報傳達給對方。

正因為如此，局長未曾有過以作夢之類的形式，窺伺到使役者的精神世界以及過去記憶的經驗，而且也認為根本不需要有。

他喚出的「偽使役者方」的術士——亞歷山大．大仲馬現在正在遠離警察局的地方製作寶具，或者進行改竄的作業。

由於切斷了共享感覺，所以無法進行念話，電話成為了基本的聯絡方式。

自從刺客發動襲擊後過了整整一天，現在局長終於有要重新編制警察陣營體制的念頭，然而這時又出現了新的混亂。

聽聞正在市內發生的「動物間的傳染病」、「突然說出不想離開城市的精神病」造成的混亂消息後，身為聖杯戰爭的幕後黑手，同時也是努力維護治安的警察，他陷入忙於整理情報的處境。

就在這個時候，局長的手機響起大仲馬的來電。

『嘿，兄弟！你居然馬上就接電話啦！在熬夜辦公嗎？』

「算是吧。自從喚出你後我就沒有一天好好睡過了。」

『哈！要是你有時間挖苦我，就順便把伊波利特．杜蘭也召喚出來吧！他會有好表現喔。畢竟我家就是他蓋的嘛！……哎，雖然已經歸別人所有啦。你知道「基督山伯爵城堡」嗎？』

「當然知道。因為現在已經是用來讚揚你的紀念建築物了嘛。」

那是一棟建於法蘭西島大區，會令人以為是小型城堡的豪宅。是處於全盛期的大仲馬耗盡財產所建的宅邸。座落於塞納河河畔的那座奢華大屋，可說是展現出全盛時期的大仲馬其光芒的象徵性指標。

『是啊，我查到時也嚇到了呢。我身無分文時賣掉的那個家居然輾轉到最後成為我的紀念館，還留到了這個時代呢！』

「要好好感謝那些跨越時代，喜歡你作品的支持者呢。」

『所言甚是啊。雖然我沒想到他們會連情婦的肖像畫都拿來裝飾……算了，反正無論是作品、家，還是情婦，都已經從我手中離開了嘛。要是能讓那些欣賞的人開心，就有做出來的價值啦。』

「作品與家姑且不提，以現代的價值觀而言，找情婦可不是什麼好事呢。」

『哎，別管那些了。我那座蓋在遠離豪宅的執筆室……我周圍的人好像把它稱為「伊夫城堡」吧。雖然把作家閉關執筆用的房間當成監獄島這件事也很過分，不過待在那裡的話，我的工作效率應該也會大幅提昇吧。』

「……再怎麼說，也不可能在法國與這座城市間往返傳遞寶具吧？」

『真是的，我死掉後都經過一百三十年以上了，沒想到連一個瞬間移動用的機器都沒有製造出來呀。』

「靠瞬間移動往返這裡與法國這種事，都已經快不能說是魔術，有一半踏入魔法的領域了。」

說到這裡，局長忽然思考片刻，隨即問道：

「……不過，你居然會把自家命名為『基督山伯爵城堡』。你對那部作品格外用心呢。還是說，連那個名字都是周圍的人擅自命名的？」

『這個嘛……當時是怎樣呢？雖然這麼稱呼也有諷刺某人的用意，可是結果到我死掉前都沒有人來向我抱怨過呢。哎呀，那種事根本無所謂吧？』

見到大仲馬罕見地想直接避開話題，局長雖然覺得有些錯愕，還是做出了回應。同時也暗自反省這段放鬆用的閒聊已經聊得太久了。

「然後呢？你特地打電話過來是要談什麼事？」

『哦！有幾個人的寶具被那個吸血種對手毀掉了不是嗎？我有能修好的眉目了。』

「那還真是僥倖。我就照慣例差人跑一趟……」

『停。不需要找人跑腿。作為交換，希望你把我想要的人送過來。』

局長對於大仲馬的提案皺起了眉頭，開口問道：

「……聽起來不像平常一樣是想要女人呢。」

『沒錯，我要的是你所挑選的警察集團——二十八人的怪物，把那些人帶來我這裡吧。不是所有人也行，不過要盡量挑資歷比較久的成員。啊，那些寶具壞掉的人一定要在挑出的成員裡喔！還有右手被吃掉的那位小哥也要算在內。』

「……」

對使役者提出的這個提案，局長略略尋思了一番。

對二十八人的怪物而言，大仲馬的存在已是眾所周知的事。

但是讓他們直接見面是否可行這一點，他無法立刻做出判斷。

若是幾天以前，局長會覺得沒必要讓他見到自己的部下吧。再說大仲馬也沒有特別想和他們見面的意思。

可是狀況演變到現在，會想有些變化也是事實。

「……在寶具的製作上，你說過不需要特地見到使用者吧？」

『是啊。我也沒說這樣做就能令寶具變強喔！畢竟普通人與寶具之間沒什麼適應性可言，針對使用者做細微調整之類的事情，更不是我的工作。』

如此乾脆地宣言的大仲馬，在局長開口問「那到底是為什麼？」之前，就先說出了自己的答案：

『在這次的戰爭中，我僅僅是名觀眾。而觀賞費就是向你提供最低限度的協助啦。』

「……？」

『不過啊……既然我身為觀眾，要是看到了中意的演員，當然也會想送個一兩束花，照顧照顧對方嘛。』

針對大仲馬的發言沉思片刻後，局長深深地嘆了口氣。

接著再經過數秒的沉默後，他像是做好覺悟般地開口：

「……好吧。不過，他們在身為魔術師以前，是我重視的部下。我要你和我約定，你不會做出對他們的魔術迴路或精神亂來的舉動。」

『我可不是像艾利馮斯．李維或帕拉塞爾蘇斯那種魔術師喔！你覺得我做得出那種靈巧的事嗎？』

「雖然艾利馮斯氏是否為魔術協會正式承認過的魔術師，目前還存有意見分歧……可是我認為剛才那段話，不該出自一名能做到對有寶具素質的武具賦予『傳說』來創造寶具這種靈巧行為的男人之口呢。」

「……唉，是有可能因此改動對方的命運就是了。這部分你就放過我啦。反正我會盡可能往好的方向扭曲的。」

局長本來打算向厚臉皮地告訴自己的大仲馬提些忠告，可是他決定吞下這些話，早早結束這通電話。

「……抱歉，我這裡出了點問題。晚點再聯絡你何時會派部下過去。」

『哈哈！連休息的時間都沒有呢！要把胃藥準備好喔，兄弟！不過現代的胃藥也是種類豐富又有趣呢！要愛護你的胃喔！就這樣啦！』

通話結束後，局長往旁邊看去。

身為二十八人的怪物成員之一，也是直屬祕書的部下站在旁邊，遞出了一張報告書。

局長無語地點頭後，再次重讀報告書的內容。

上面寫著，在街上出現的艾因茲貝倫的人工生命體，與法蘭契絲卡帶來的魔術師——也就是「真使役者方」的主人之一——目前正一起行動著。

更讓他在意的是有關兩人正前往之處的報告。

局長在事前已經聽說了關於法蘭契絲卡與法迪烏斯帶來的，作為我方棋子的主人陣容的事情。

原先預定要喚出劍兵的卡修勒已經死於刺客之手。

會使用魔術的傭兵西格瑪，只會與法迪烏斯聯繫。

至於擅於駕馭強化魔術，甚至被說成連人的概念都已經捨棄掉的一族的末代公主——朵麗絲·魯珊德拉，也一直沒有被警察的監視網逮到，結論就是落入情報網的哈露莉對局長而言成為了貴重的存在。

但是，這個人與艾因茲貝倫的人工生命體同行是很糟的狀況。

——是被洗腦了嗎？還是受到了威脅……

——不，考慮到哈露莉·波爾札克的出身背景，也有可能是以正式的交易形式倒戈了。

哈露莉本人不是戰鬥力高強的魔術師，所以不算是什麼問題。雖然有必要警戒咒殺之類的攻擊，但是這並非只有她會做，所以自己早就布好了重重對策。

正因如此，該鎖定的問題是她究竟喚出了什麼英靈。

雖然主人的情報會由「上層」傳來，不過不會詳細到連誰喚出了什麼英靈都知道。對上層的人而言，就連二十八人的怪物也屬於棄子的範疇吧。

不過，在參與這次聖杯戰爭的主人群中，應該警戒的魔術師的據點所在位置這種程度的情報，局長也明確地把握住了。

所以，哈露莉與艾因茲貝倫的人工生命體，這二人正在前往其中一個據點的事，是可以推測出來的。

「工業區……她們想與史夸堤奧家族的魔人接觸嗎？」

×　　×

巴茲迪洛・柯狄里翁這名男人正「刻意地」拒絕作夢。

他藉由對自身施予暗示使身體進入淺眠，並讓大腦進入熟睡，使自己只要經過一次短短數分鐘的短暫睡眠，就能進行長時間的活動。

這是為了在敵人出現同時可以立即甦醒並展開行動所做的處置，這種利用解散意識的短期睡眠，是在魔術師間也廣泛被使用的一種簡易魔術。

不過，解散意識這種行為就如同殺死自己一般，所以能頻繁使用的魔術師也很有限。

據說世界上還有許多能靈活運用包含這種魔術在內的各式各樣睡眠術的「會使用魔術的」傭兵。不過巴茲迪洛基本上很討厭作夢，所以不容許自己進入淺眠（快速動眼睡眠）階段。

正因為如此，巴茲迪洛才感到疑惑。

因為自某個瞬間起，他便自己察覺到自己「正在作夢」。

周圍是一片被黃昏渲染的海洋。

是自己正搭乘在一艘於金黃色海面上破浪前進的巨大船隻的夢。

不過他馬上在腦內訂正自己的想法。

這並不是夢境。

而是由並非自己所有的情報與魔力所構成的，記憶的共享現象。

視點的高度也比平常的自己處於更高的位置。

能看見處於自己俯視位置的金髮男性，面對這邊露出高傲的笑容說道：

『嗯？你問為什麼我不畏懼你嗎？……竟然問如此理所當然的事，當然是因為我是集超越神之睿智於一身的賢者啊。』

這恐怕是自己正供給著魔力的使役者——阿爾喀德斯的記憶吧。

冷靜地觀察的話，會發現金髮男性所使用的語言，八成是古代愛琴海一帶所使用的語言。或許是英靈受到了世界賦予自己的現代知識所影響，又或者是受到連繫著魔力通道的自己所導致，迴響於巴茲迪洛腦海裡的語言，是他平常慣用的語言。

記憶的持有人——恐怕是阿爾喀德斯的意識容器，正立於建造得十分奢華，無法想像是出自古代的船隻上，周圍還有幾名人影。

巴茲迪洛認為，儘管是處於記憶共享的情況下，但是論誰都能明白纏繞此身的魔力有多麼恐怖。換作是平常的人類，光是共享這份記憶，就會導致精神發生障礙了吧。

『人類這種存在，基本上都是沒腦子的。由於從愚者中選出的愚者首領擺出王的姿態，國家才始終無法統一，還發生戰爭造成人民饑餓。正因如此，像我這樣的人類才必須得到力量與榮耀啊。』

不過，從「力量」這個角度來說，在眼前發表演說的這名男人身上，感覺不出有身邊這些人般的濃烈氣息。

雖然感受得到有受到某種加護的氣息，但是集中感覺詳查後，又覺得似乎是將棲宿此船的魔力纏繞於身的樣子。

『那些懼怕你的傢伙也一樣，全都是無藥可救的笨蛋。就是蠢才無法理解你這個怪物啊。因為無法理解卻又打算利用你，才會一邊害怕著你又一邊讚揚你是英雄，完全就是一群低劣的傢伙。他們和獻祭品諂媚非但不是神的使者，甚至連魔獸都不是的食人狼的愚蠢傢伙沒什麼不同。』

朗朗高談的男性，散發著與其說是沉醉於自己的言論，不如說把自己的話當作唯一事實般，給人一種在描述「極其理所當然的事」的氣氛。

周圍人的反應各有不同，有眼神一亮頻頻點頭的人，也有以一臉「又開始啦」的樣子苦笑的人，靠近船頭那名渾身猛獸氣息的女性弓兵，甚至以露骨到只差沒說出「真是個可疑的男人」的懷疑眼神看向金髮男性。

不曉得他是沒注意到自己正承受著這種視線，還是即使注意到了，也認為不值一提而忽視了呢？男性仍然繼續說了下去：

『我的國家……我打造的國家就不一樣。我對所有國民實施了教育制度。不僅建立了比那個馬廄還氣派的學堂，還把我的知識借給底下的萬人子民。讓所有人都能書能讀，不受惡毒商人所騙。唉，雖說如此，大概還是達不到我這般睿智啦。所以那些不足的部分，也只能從這邊彌補了。』

——真會說的男人。

巴茲迪洛對男人的演說沒有特別的感慨，繼續聽著。

原本的聆聽者阿爾喀德斯，也只是沉默地繼續聆聽對方的長篇大論。

『沒什麼，畢竟要成為王，對於這種程度的勞動，我早就已經做好覺悟了。大家只要老實地聽我的話做，我就會賞給你們相應的報償與繁榮的國家——不會有任何人感到不安的國家！在那個國家啊……聽好了，在那個國家，不會有任何一個見了你就怕的人存在！』

打斷本來想說些什麼的阿爾喀德斯，金髮男雙臂大張地自行斷言。

彷彿在宣示自己的話就是世界本身的意志一般。

『因為我會讓所有人都明白，你既是我的部下、朋友，也「歸我所有」啊。』

×　　×

就在這時候，巴茲迪洛恢復了意識。

在周圍的，是建設於肉類食品加工廠地下，與平常毫無差異的單調工坊景象。

確認自己正坐在椅子上的巴茲迪洛掏出懷錶，確認了此刻的時間自他開始睡眠起正好過了五分鐘。

繼續沉默了好一會兒，巴茲迪洛考究過剛才看到的光景後，緩緩地說出自己的判斷：

「這樣啊。那個男的就是那艘阿爾戈號的船長嗎？」

接著，魔術工坊內的部分空間蠢動起來，一團濃郁的魔力塊化成人形顯現。

解除了靈體化的阿爾喀德斯，開口詢問身為主人的巴茲迪洛：

「你剛才說的話是什麼意思？」

「是由於魔力的通道連結造成的吧？你的記憶浸蝕了我。我看到在某艘船上，有個囂張的小鬼正在喋喋不休地說些理想國什麼的，旁若無人妄語的光景。」

巴茲迪洛毫不隱瞞地說出自己看到的光景與對其率直的感想。

接著，阿爾喀德斯在一陣短暫的沉默後咯咯一笑，像是懷念著遙遠的過去般搖搖頭說：

「……理想國嗎？會在船上說出那些亂七八糟的話的，肯定是他吧。」

「真是無聊的男人。若是在這個時代，他就只是個不自量力，會在遭到我們這種人徹頭徹尾利用榨乾後再拋棄的肥羊罷了。像你這種程度的大英雄，怎麼會成為那種男人船上的划船手？」

巴茲迪洛提出以他自己的觀點對金髮男性的評論與疑問，淡然地問向阿爾喀德斯。

接著，阿爾喀德斯以間不容髮的速度立刻回覆他：

「那個男人是包含了所有人類的軟弱與扭曲個性的一群愚人的化身。而且無庸置疑地，他總是會持續對同伴說『最能發揮你所長的人就是我』。阿塔蘭塔也為此經常對他投以白眼呢。」

阿塔蘭塔。

聽聞這個據說是與阿爾喀德斯一起共乘阿爾戈號的女獵人之名，巴茲迪洛推測大概就是剛才出現在那副景色中的女性了。

「……但是，那個男人無論是對被當成怪物而遭人畏懼的我，還是對利姆諾斯的女王，甚至是對海岸邊不知是否通曉人語的魔物，都會平等地述說相同的夢想。那傢伙的目標一直都不是神，而是王。不對，或許在那傢伙心裡，這兩者是沒有區別的吧。」

雖然措詞過分，卻沒有汙辱人的感覺。

「他忘了我等的導師凱隆的教誨，是個只費心於自己欲望的可悲男人。不過，那個男人高談的可笑夢話並無虛偽之情。」

就像真的在描述過去所夢見過的事一般，阿爾喀德斯一句又一句地說出關於阿爾戈號的船長這個男人的事情。

「滿身汙泥與欲望的他，正是我所見過的人類之中最像人類的存在。要是有我甘願認輸的時候，肯定不是那群神將詛咒或是雷電的業火對準我之時，而是被像他那樣的人類那永無止盡的欲望焚燒了靈魂的時候吧。」

「……說得好像你很期望這個結局似的。」

「我當然期望。不過那也是在我完成復仇之後的事情。」

接著阿爾喀德斯像是順口提起一般，說出自己所搭乘的榮耀之船——阿爾戈號的回憶：

「那艘船本身就是真正的魔窟啊。表面上綻放出耀眼光輝的同時，內部卻是由充滿破滅、欲望，與背叛——人類所有的業形成的旋渦。包含船長在內，共乘那艘船的成員中，應該沒有人殺不死我吧。反之亦然。」

「你似乎很中意那艘船。」

雖然是巴茲迪洛面無表情說出的、有些挖苦意思的發言，但是阿爾喀德斯既沒肯定，亦沒否定，而是淡然地說出那個船團長的下場。

「我聽說那個男人最後失去了一切，被那艘與他同甘共苦過的船隻殘骸壓爛而腐朽……或者，那才是那艘反覆無常的船在最後賜給他的，唯一且真誠的慈悲吧。」

看著感慨萬千述說著的阿爾喀德斯，巴茲迪洛心中有些疑惑。

——他說得挺流暢的嘛。

——我不覺得他是會想提起過去的男人啊……

巴茲迪洛的疑問，以阿爾喀德斯握住弓，並以弓弭輕敲地板的形式得到解答。

銳利的敲擊聲自地面響起的同時，阿爾喀德斯的殺氣跟著膨脹，工坊裡的空氣隨著聲音的波紋突然變得寒冷，並且強烈地震動起來。

「我會說這麼多，是為了公正地向你傳達，接下來我要告知的事情意義何在。因為我不想受到誹謗，說我像是自稱為神的無法無天之輩，帶給人毫無道理的死亡啊。」

「……你想說什麼？」

儘管曝露在阿爾喀德斯的殺氣之下，巴茲迪洛依然沒有半分動搖。

在這般換作一般人類，說不定肉體會比精神先崩毀的壓力中，阿爾喀德斯聲音低沉地向主人說出「忠告」：

「雖然那傢伙的確是個無藥可救、傲慢，又不自量力的愚者……但是他仍然是我的朋友。我不允許沒有搭乘那艘船的你輕率地汙辱他。」

那是直接的恐嚇。巴茲迪洛判斷，要是自己再次說出藐視那名船長的發言，阿爾喀德斯將會毫不留情地直接攻擊過來吧。

「原來如此，我明白了。雖然我不會道歉，但我和你約定，以後不會再提起這個話題。」

短暫的寂靜後，阿爾喀德斯解除殺氣轉過身，背對著巴茲迪洛。

見到那副背影，巴茲迪洛明白了一件事。

那就是為何那不值得一提的對話光景，會特地經由魔力通路流進自己的意識一事。

對阿爾喀德斯這男人而言，待在那艘船上的日子正是他少有的，不被當作「神之子」，而是被當作一個「人類」對待的時期之一。

若要舉出其他候補，大概就是童年，或是與後來註定會死的妻子調情的時候吧。

這些如踏腳石般浮現，名為「阿爾喀德斯」的「人類」痕跡，正是堆疊構成出現在的他的一切吧。

——何等扭曲的事啊。

讓他扭曲的始作俑者雖然這麼想，卻未表現出同情或藐視。為了今後能順利地運用他，巴茲迪洛將剛才的對話銘記在心。

——或許，那名船長也確實是名英雄吧？

巴茲迪洛一邊稍微往上修正以作夢形式所見到的金髮青年的評價，並思考起關於今後的計畫時——工坊裡的通訊設備傳出來自肉類食品加工廠地上部分的聯絡。

「……怎麼了？」

回覆巴茲迪洛冷漠詢問的，是位於一樓的部下魔術師有如悲鳴般的話語：

『是、是艾因茲貝倫！艾因茲貝倫的人工生命體出現……』

部下的話就此沒了後續。

設備中隨即傳出激烈的噪音，最後在留下疑似有個人類倒地的聲音後，通訊便中斷了。

「……」

巴茲迪洛無言地站起身，看向通往地上的階梯。

阿爾喀德斯也像察覺到異常狀況般，握起弓嘀咕道：

「……氣息只有一個啊。不過，好像有某種複數存在。」

是身為英雄的直覺，或是類似心眼的能力吧。

阿爾喀德斯認為自己感覺到的微小氣息，與打倒巴茲迪洛部下的人應該是不同的存在。

接著，就像要證明他的判斷般——

階梯處傳來「喀、喀」有人走下來的腳步聲，而且聽起來是兩人份。

數秒後，出現於工坊內的，是以純白色肌膚與白銀色頭髮為特徵的人工生命體女性，以及蜷縮著身體躲在她身後的，一名像是魔術師的少女。

到了這地步，巴茲迪洛和阿爾喀德斯也理解狀況了。

這名像是艾因茲貝倫的人工生命體女性身上之所以會感覺不到絲毫氣息，是因為她驅使自己的魔力只在自己周圍循環吧。

面對眼前半徑數公尺的魔力半球體，阿爾喀德斯無言地拿著弓，巴茲迪洛則是泰然自若地發言：

「妳是艾因茲貝倫的人偶吧。來這裡做什麼？」

與全然不帶感情的巴茲迪洛有如對稱般，人工生命體女性臉上浮現快樂的感情，伴隨著柔和的笑容開口：

「哎呀，瞧你渾身都沾滿了汙泥呢……已經有一半放棄當人類了對吧？」

「既然如此……就算把你連同旁邊那名扭曲了的英靈一起殺掉也無所謂吧？」

×　×

那個陰暗的世界裡，充滿著濃密的森林樣貌。

周圍長了數棵宛如高樓般的衝天巨杉，像是不允許此處冒出新芽般，濃密的綠蔭寬廣地包圍了這片大地。

在那片昏暗處中，座落著一道更濃密的黑影。

雖然呈現著深色土壤的顏色，實際上內側卻充滿了濃郁的魔力與生命的光輝。

在那塊如黏菌般蠢動的土塊內部，正重複著各種不同的「話語」。

正確來說，那些甚至不能算是語言——「意志」的團塊正在將自己是什麼樣的存在，滲入甫誕生的土塊靈魂中。

——貫穿，然後縫住吧。

——你是貫穿一切的槍，也是縫住世界之理的楔。

——你擁有被製成人偶的素養，也有該這麼做的義務。

——是為規勸我們這些地上的傲慢所投放的，最初亦最後的慈悲。

——讓人類這個物種想起自己的責任吧。而且，要由你來引導。

——貫穿，然後縫住吧。

——但是首先，你要學習。

——你必須要知曉。

——知曉所謂的人類。

——在恩利爾的森林裡，烏圖已經創造了「完美的人類」。

——去看，去說，然後讓自己模倣其外形吧。

——之後，尼努爾塔就會將力量分給你吧。

——在投放到烏魯克的森林之前，你必須和烏圖養育的「人」在一起。

——完成吧，成為人偶。

——因為你是模倣著一切生命的土塊。

——去與人類交談吧。

——貫穿，然後縫住吧。

數道來自世界本身，向著土塊的核心所響起的話語。

土塊僅是身處森林的影子中，依言語的命令尋求著。

必須知曉人類。

必須與據說由烏圖養育的「完全的人類」相遇才行。

接著，當森林的空氣變得更為驟冷的瞬間——「那個」出現在土塊的面前。

內部迴響的「言語」膨脹起來，使土塊本能地明白那個就是「完美的人類」。

無法斷言對方性別，僅能理解是攤開於森林中的泥的「那個」——

正不停發出含有對世界一切的恨的，永無止盡的怨聲。

×　　×

森林中

「怎麼了嗎？看起來飽受夢魘的樣子。」

被恩奇都溫柔輕撫背部，身為主人的銀狼緩緩睜眼。

接著在看到周圍有光射入的森林後，才放心般地以自己的頭磨蹭著恩奇都。

幾聲嘶叫後，恩奇都的臉色微微一沉，發自內心般歉疚地開口：

「……是嗎？那一定是我誕生前的記憶吧。對不起，讓你受驚了。」

對銀狼如此述說的同時，恩奇都靜靜地闔起眼。

接著，他一邊回想著如今已成遙遠過去的時代，一半像是喃喃自語地說道：

「不管是烏圖還是其他諸神……除了伊絲塔與埃列什基伽勒以外的人，真的都深信『她』是『完美的人類』。不……要是我沒有在『她』之後又邂逅了夏哈特與吉爾的話，或許我也會一直如此深信著吧。」

彷彿是要安慰露出哀傷眼神的恩奇都，銀狼發出「咕嗚」的溫柔叫聲。

恩奇都對銀狼回以微笑後，一邊仰望著與當時僅有一絲改變的星空，一邊說出「諸神」的結局。

「或許在那個時點，就已經無法阻止與巴比倫尼亞的人們訣別這件事了呢。」

×　×

「唔……這種程度仍然遠遠不及我在烏魯克的房間呢。」

「怎麼會……已經如此美麗了耶。」

緹妮．契爾克才發出驚訝之聲，她的使役者英雄王便略不高興地斷言：

「當然，因為這些都出自我的寶庫，每件日用品都是頂級的啊。說起來這個時代的氣氛與我的寶物就不相襯。原本的話，這些量可是完全不夠。憑這種程度的房間就要展現我烏魯克的榮華，實在太狹窄了。」

英雄王說道，並環視著的這間旅館套房，已經與數小時前呈現出完全不同的風貌。

雖然玻璃窗之類的部分因為遭受阿爾喀德斯的襲擊而被破壞了，但這間套房仍然是史諾菲爾德市內最高級別的房間。家具與寢具皆屬一流，對平常居住於沙漠地帶偏遠聚落的緹妮而言，完全是屬於別的世界的高價品，然而——

在傍晚的時候，不斷述說烏魯克城牆是如何建造的英雄王，終於開始提及他是如何完成烏魯克這座城市後，過了一會兒，便提出要更改房間的擺設。

看來這名英雄王似乎對於緹妮等人是不是完全沒搞清楚烏魯克的美好之處抱持疑惑，他對緹妮的黑衣部屬下達「將家具全部搬去走廊」的命令後，便從自己的寶庫裡取出各式各樣屬於巴比倫尼亞時代的裝飾品。

緹妮為那些寶物的美麗而睜大了眼。

走在攤開的地毯上時，她彷彿有種正走在雲上的錯覺，看來是以石頭削成的桌子上，陳列著綻放出未曾見過的光輝的餐具。

要是稍有差錯，可能就會被說成俗氣的眾多黃金裝飾品也是，其設計與周圍的環境完美融合，彷彿是將染成黃金色的麥田濃縮起來般，內涵了單純之美。

黑衣人中的一人認為「……平常的英雄王穿的盔甲才是最耀眼的」，但是想到此話要是出了口肯定會喪命，便將這句話與冒出的冷汗一同藏到身體的最深處去。

就連屬於寶石中並不怎麼罕見的青晶石也是，從英雄王的寶庫中出現的，是與緹妮至今以來所見過的青晶石有著天差地別的存在。

看起來像是白浪的結晶物光輝，分布於由晶瑩剔透的藍色所包圍的石頭表面上，令她有股彷彿是將真正的海封入石頭中的錯覺。

這塊石頭一旦裂開，就會從中湧出大海，誕生出星辰與生命。

——要是英雄王如此述說，緹妮想必會囫圇吞棗地全盤接受吧。

即使用了如此美麗的巨大寶石裝飾房間，英雄王仍然不滿地說出「還不夠」。

「果然還是該從基礎的王宮……不對，應該從城鎮本身開始建造嗎？妳覺得呢，緹妮？」

「那般高貴的城市，對並非烏魯克子民的我等過於惶恐，會不敢行走的。」

「別說那種蠢話。能不能站在石板地上，與是否身為烏魯克子民根本就毫無關係。」

嚴厲否定了緹妮這番話的英雄王，俯視她說道：

「由我的角度來看，無論誰都是平等的雜種。生來的貴賤之分更是連一張金箔的差距都沒有。我會認可為我烏魯克子民的，唯有那些心懷要憑一己之力開墾荒野之意志的人。」

接著，英雄王似乎是想起了烏魯克的人們，表情稍微軟化了些，繼續說道：

「譬如有個從酒場姑娘當上祭祀長後，竟然敢對我怒吼，讓我重振國家的雜種。雖然唯獨信仰粗心的女神（伊絲塔）這點令我費解，不過那也是符合我的子民所應有的一種狀態啊。」

「也有那樣的人物在啊……」

「也不僅限於那傢伙。烏魯克的子民雖然全都拚命地在求生存，卻沒有人認為是一種苦。其中雖有敬仰依靠我的人，卻沒有只是想巴結奉承我的奸人。因為企圖著那種事的心術不正之輩，還不需要我看清他們，就會先自己垂死荒野了。烏魯克的子民就是生存在那種時代。」

英雄王話說至此，一邊沐浴在自窗戶照入的晨曦中，一邊望向緹妮。

或許是使用了特殊的魔術吧，英雄王看著緊繃精神一夜沒睡的緹妮，用略帶不滿的語氣說道：

「我允許妳去就寢。既然生為人類，就要以自然的形式去順應本能的欲求。」

彷彿看透了緹妮正在使用何種術式般，英雄王說出了犒賞部下的話語。

「可、可是王！王都在不眠不休地工作了，怎能只有我貪圖睡眠……」
「那麼，我就以王的身分命令妳。去休息。就算只是短暫片刻，要是讓我的部下過勞而死，可是有損我王的名譽。」
即使這麼說了，緹妮還是不知所措。英雄王面無表情地說道：
「我應該說過了吧。要將身體與性命奉獻給我是無妨，但是我不需要不成熟的靈魂。」
「……！實、實在很抱歉！」

目送了言謝數次後才前往寢室的緹妮，英雄王看向留在房間裡的數名黑衣成員。
對於平常都視他們為無物的英雄王此舉，黑衣集團之間泛起了一股緊張感。
「你們也很辛苦啊。要敬一名不成熟的小姑娘為主人是種痛苦吧？」
「您、您怎麼會這麼說呢，那種想法我們才……」
頭一個露出諂笑的人，英雄王瞇眼以對。
——先是一人嗎？
身為英雄、暴君與賢王，並以英靈身分觀察過無數人類的吉爾伽美什，瞬間就看穿這名男人是「內奸」一事。
不過他沒有指摘對方，甚至不打算以念話告知緹妮。

──雖然估計鼠輩會有個十隻……看來接下來還會增加吧。

英雄王一邊在內心咯咯笑著，一邊將反射晨曦的玻璃杯握於掌中開始轉動起來。

──也罷。反正這群人不是我的臣下，而是緹妮的部下。

──她會如何制裁心懷叛意的部下呢？或者她會就這樣在一無所知的情況下被人從背後捅一刀呢……

──雜種啊，既然妳說自己不是幼童，就將應有的內心狀態展現給我瞧瞧。

──我就以王的身分，慢慢地測量妳真正的價值吧。

接著，英雄王以無人聽得見的聲音，開心地喃喃自語：

「雜種啊，若妳果真只是普通的幼童，那現在就儘管在夢裡漂蕩吧。」

「因為即使那是場惡夢，也遠比現實美好喔。」

×　　×

夢境中

沐浴著由窗戶照入的晨曦，綠丘椿醒了過來。

「早安，黑漆漆先生！」

她一打招呼，彷彿要覆蓋天花板般站立在前面的黑色巨人便開心似的蠢動。

窗外傳來小鳥的啼叫，從那裡窺視庭園，還可見貓與狗在和樂地嬉鬧玩耍著。

「早啊，椿。早餐已經做好嘍！」

打開門就見到母親的身影，還聞到了從樓下飄來的煎培根香味。

「嗯！早安！媽媽！我馬上下去！」

椿以天真的笑容回應母親。

對居住在史諾菲爾德的人而言，這可說是一如往常，平凡的一天。

而椿最渴望的這種日常，今天也再次揭幕。

「果然，大家之前都外出去了呢！」

吃完早餐後的椿一邊與動物們玩耍一邊散步時，發現街上的景色與昨天以前不一樣了。

大馬路上變得偶爾會有車輛駛過，鎮上也能看到稀疏的人影。

由於椿幾乎都窩在家裡，所以家人以外的熟人並不多。

即使如此，當她想起一開始因為鎮上空無一人而不安及惶恐的事時，她再次向走在路邊陰影下的「黑漆漆先生」言謝：

「黑漆漆先生，謝謝你。要是連黑漆漆先生都不在的話，我肯定會既害怕又餓著肚子，然後就這麼死去吧。」

對年幼少女的發言，黑影僅以搖晃蠢動的方式回應。

人影稀少的路邊，在電線桿陰影中蠢動的黑色團塊——這怎麼想都是恐怖電影中才會出現的產物。但是椿彷彿完全委付了信任般，天真無邪地對其投以微笑。

並非因為椿明白自己為何能那麼輕易地接受那個黑色奇異存在的原因。

雖然年幼——不對，正因為年紀小，本能性地對此心懷恐懼也不奇怪吧——可是椿總覺得對方是能放心對待的事物，打從一開始就不曾恐懼。

也因為她自己從未對此抱持疑問，所以也就沒有人會去思索她與黑色團塊的親和性問題了。

直到今天的這瞬間為止。

「欸欸，我也可以摸摸那些狗和貓嗎？」

被突然攀談而來的聲音嚇到的椿，慌張地轉頭望去。

站在她眼前的，是一名初次見到的少年。

年齡應該比椿年長幾歲吧。不過以大人的角度來看，這兩人都是一副「幼童」的外觀。

「呃……嗯，可以啊！」

儘管椿對此不知所措，卻還是高興地接納了少年。

此時的她尚未察覺到某件事。

那就是在少年出現的瞬間，黑影——蒼白騎士像在警戒什麼似的大大膨脹起身體。然後，也沒有注意到，就在椿對少年微笑的瞬間，黑影又放心似的恢復成原來的身體大小。

另一方面，少年親眼看到黑色團塊有過這樣的蠢動後，也像是解除了警戒般，放心地鬆了一口氣。

——啊，太好了，他將我判斷為小椿的同伴了呢。

——畢竟系統類的使役者我也無法看穿其各種舉動，內心忐忑不安呢。

少年一邊想著這些事，一邊撫摸狗的臉頰，並對椿露出天真地笑容開口：

「捷斯塔。」

「咦？」

「我叫做捷斯塔．卡托雷，請多指教！」

×

×

某魔術工坊

在昏暗的工坊裡，隨意躺在床上的幕後黑手與其喚出的使役者正和樂融融地大口吃著點心，渾然不知在一個少女的夢中有兩名孩童邂逅了彼此一事。

「嚼嚼……這個真好吃。那邊的點心也給我吧？」

「吃太多會發胖喔——」

「我是英靈，不會胖的——」

聽到少女——法蘭契絲卡的忠告，呈現少年身姿的術士——法蘭索瓦．普列拉提一邊自滿地笑著，一邊撕開點心的包裝袋。

聽到他的發言，法蘭契絲卡不悅地鼓起臉頰後說道：

「當英靈真好——我也來當英靈如何？你覺得要是我現在以法蘭契絲卡之名幹出什麼大事的話，能夠成為英靈嗎？」

「我覺得只會被我統合為一吧——話說，現在的妳與以英靈身分從座上拷貝出來的妳是僅有記憶相同的不同存在，所以『來當英靈如何』這句話本身就不對勁了。不過，其中也有以活著的形式受到召喚，前往各種時代的例外存在就是了。」

對普列拉提的這段話，法蘭契絲卡一點一點地咬著日本的點心銅鑼燒，一邊費解地說道：

「阿特莉亞妹妹也是屬於那類的吧？哎，管他的，反正這次沒召喚到她……唉，本來以為這能成為惹惱師傅們的好點子呢——能虐待阿特莉亞妹妹的話。」

「我不覺得師傅的師傅只是在塔裡擺出有點不悅的表情，那些精靈就會慌慌張張地大喊大叫就是了。」

「是嗎……也對啦。在冬木掀起的第四次時好像也發生了各種夠她受的事情，可是師傅們似乎到最後都沒有出面幫助她呢。」

「大概覺得沒有必要去吧，不過就算想去也做不到啊。在不列顛的話就算了，畢竟這個世界已經沒剩下足夠讓師傅們從那座湖橫渡大海的神祕了。真要做到就勢必得剝去世界的本質才……

咦？」

儘管內容難以理解，兩人仍以年輕少年少女的對話氣氛交談著，但是——看見擺在周圍的無數螢幕其中之一所映出的影像時，少年伸向點心的手停住了。

那是以遠景映出法蘭契絲卡當作棋子所使用的魔術師們的據點之一——巴茲迪洛・柯狄里翁的魔術工坊座落處的工業區影像。

影像中，其中一間工廠的煙囪正緩緩崩塌——而在揚起的煙塵中映出了一道非比尋常的巨大異形影子。

「……那是什麼？怪獸？還是水晶洞穴的巨大蜘蛛？」

少年普列拉提在床上坐起身子，興味盎然地盯著畫面。

看來那個巨大的異形正在與阿爾喀德斯戰鬥，工廠區開始擴散著激烈的破壞振動。

「我想蜘蛛八成還沒醒來吧。或許是不列顛的咒貓？」

「那個看起來不像狗或貓耶？是誰召喚出了巨人族還是皮克特人的王嗎？」

接著，法蘭契絲卡在影像的一角，發現一張正在奔竄的熟悉面孔。

「哈露莉妹妹？」

因為是遠望所以無法明確判斷，不過在下個瞬間，那道怪獸般的影子以像是要保護她不受飛散瓦礫打中般的方式移動，將那些瓦礫全部擋下。

察覺到自己準備的棋子不知為何正在巴茲迪洛的工廠使喚「某物」大肆胡鬧，法蘭契絲卡的臉上露出恍惚的笑容，並且抱住那個螢幕不斷喊道：

「騙人！不會吧不會吧！好厲害！哈露莉妹妹還挺強的嘛！本來只想把妳當成湊人數的而已，結果卻喚出了很厲害的傢伙呢！那個玩意兒真的是『那位英雄』嗎？可是這魔力量不太對勁吧？啊——感覺內臟都疼起來了！真是的，我最喜歡會做出這種預料外舉動的孩子了！太棒了！

之後得抱一抱她，還要請她吃蛋糕才行呢！」

與正氣喘吁吁又臉帶紅潮的法蘭契絲卡形成對比，少年姿態的使役者語氣彆扭地向主人發出抗議：

「喂──我看不到畫面喔──」

就這樣，人們迎接黎明──

對聖杯戰爭的眾參與者而言，可謂正式戰鬥的開始之晨。

對史諾菲爾德的一般人而言，可謂破滅的肇始之曉。

幕間
「少年不信神」

沼澤地宅邸

時間回溯到約半日前

「你看，最初的考驗馬上就來嘍！」

西格瑪隨著自稱是「看守」這個職階的英雄之影的船長所說的這句話回過頭，站在他眼前的是一名少女。

此人無疑是西格瑪的「敵人」，是由別人所喚出來的使役者「刺客」——然而就在西格瑪注意到此事之前，刺客少女率先展開了行動。

瞬間就逼近至西格瑪眼前的刺客少女，以抹殺情感般的嗓音問道：

「你是……尋求聖杯的魔術師嗎？」

回頭看向詢問並盯著自己的刺客模樣的少女，西格瑪瞬間接受了自己即將面對的死亡。

眼前的少女，正渾身散發著濃密的死之氣息。

感受到這股簡直像是強化到憑著魔力本身來取人性命般的氣息時，西格瑪立刻理解到——

「啊——這就是使役者原本應有的樣子嗎？」

儘管全身的肌肉都在對自己大喊著快逃，但是西格瑪不成熟的魔力迴路與刻劃於腦內的本能，馬上就得出了「逃也沒用」這項答案。

要是自己回答錯了，應該就會喪命吧？雖然和自己的那個叫「看守」的使役者聊了一整天，還是摸不透對方。但是眼前的少女倒是單純好懂——西格瑪冷靜地思考著。

選擇交戰，必死無疑。

這是很簡單的答案。

西格瑪至今度過重重戰役所累積的經驗與本能，對眼前這名少女的強悍給予了肯定。

那麼，自己的生死就只能交給命運來決定了——西格瑪很乾脆地接受死亡。

不過所謂的接受死亡，絕不代表放棄求生。

西格瑪在這個「死亡的可能性比平常走路時還要高」的狀況中，冷靜地持續思索著有什麼方法可以活下去。

或許是受了剛才自稱影子的船長對自己說的「持續對抗神，絕對別輕易認同命運」這番話的影響，總之少年在接受自己正處於無限趨近死亡的崖邊同時，也沒有停止思索該如何度過這場絕境。

接著，眼看快要等不下去的刺客少女想再次詢問時，西格瑪終於開口說出答案：

「……或許，有一半算是吧。」

「……一半算是？」

「我是個不上不下的魔術師，也曾被輕視為只是個『會使用魔術的』。關於是否要尋求聖杯這個問題，我還在猶豫是否該追求。」

「……」

對陷入沉默的刺客，西格瑪反問道：

「接下來希望妳能回答我的問題。妳打算靠這個問題來判斷什麼呢？」

「辨別你是不是我的敵人。」

「我並不想在此與妳為敵。可以讓我與妳的主人交涉嗎？」

「……我沒有主人。」

刺客少女的身體湧出纏繞著殺氣的魔力。

就在西格瑪心想好像問了不該問的事時，「船長」從旁插嘴：

「小鬼，所以我就跟你說吧。要是你有活用看守的能力，剛才就不會說出那種粗心發言嘍！那個丫頭雖然是刺客，但她是由某個吸血種所喚出的，而她把那個主人給宰了……不過因為人家是吸血種，所以沒有死，但雙方正處於極致的斷絕關係狀態呢。你要不要現在撒個『我是專門殺吸血鬼的殺手』這種謊話試試？」

你從旁大聲插嘴什麼——西格瑪一邊想著，一邊說道：

「正在交涉的人是我，麻煩你稍微安靜點。」

不過，刺客少女因他這句話露出疑惑的表情。

「……你在和誰說話？」

「？」

「……是使役者嗎？加上你剛才說了『主人』一詞，你果然是聖杯戰爭的參與者吧……！」

刺客瞬間往後退開數公尺遠，並朝這邊投來銳利的敵意。

西格瑪一邊心想「無法交涉嗎」一邊擺出架勢時，長有機關翅膀的少年聲音從背後傳來：

「啊，對不起，好像沒有人告訴過你這件事情……能看見我們、聽見我們聲音的，只有身為看守的主人的你而已。因為我們只是受到看守的影響，直接浮現於你腦海中的影子啊。」

——真希望這件事能一開始就告訴我啊。

西格瑪雖然在內心嘀咕抱怨著，但是仍然保持著冷靜。

對手會如何行動？是否有機會躲過？周圍的桌椅是否能當作盾或擾亂她注意的道具？西格瑪在腦海裡同時處理著多個念頭，並且觀察著對手的動靜。

但是由於對手全身披著黑色的披風，使他無法藉由身上肌肉與關節的動靜判讀出對手的行動。

就在西格馬開始在腦海裡規劃逃脫路線的時候，刺客的嘴角動了。

「……狂想閃影（Zabaniyah）……」

同時，船長的聲音從身後響起：

「頭髮要過來了，要小心喔！」

「！」

就在西格瑪理解到船長這句話的意義時，刺客戴著的兜帽影子中還真的伸出了頭髮，即將纏上西格瑪的喉嚨。

西格瑪千鈞一髮地躲開後，刺客對此瞇起眼。看來她沒有想到西格瑪能躲開這一擊。

事實上，要是船長的聲音沒有響起，西格瑪應該就會來不及做出反應，讓脖子被刺客的頭髮給逮住。

當他看到在避開之處的柱子上被頭髮刻劃出的光景時，西格瑪確實感覺到自己剛才度過了一場「絕境」。

同時，別的影子——持蛇杖的少年對西格瑪說道：

「她雖然能將十個以上的寶具同時施展出好幾個，可是使用新寶具的瞬間會有一下子停止動作，我想瞄準那個空隙是好機會喔。」

——說起來，要殺自己這種水準的對手，需要用到寶具嗎？

西格瑪一邊躲過不斷伸出的頭髮，一邊浮現這種疑問。

接著船長的聲音響起，回答了他的疑問：

「才不是對你用呢。她是在警戒使役者發動攻擊啦。不過我們影子並沒有什麼攻擊手段就是了。」

聽了咯咯笑著的船長所言後，西格瑪思索著。

——能同時施展好幾個寶具。

——那麼，她會發動那個頭髮般能經常展開的寶具，是為了避免使用單發技能時露出會被盯上的破綻……

——既然有用來攻擊的經常展開型寶具，應該也有用來防禦用的寶具……？

「有喔。她有個能將皮膚化成特殊水晶來保護自己的寶具呢。」

就在聽到身後的蛇杖少年聲音的瞬間，西格瑪注視刺客的後方，同時大聲地喊道：

「趁現在刺下去！卓別林！」

「！」

刺客對這道突如其來的攻擊指示提高警戒地回頭。

並且從「刺下去」這個詞想像出是物理性攻擊，為了對應一切刀刃傷害而發動寶具——然而

「……斷想體溫（Zabaniyah）……！」

她回頭時，身後不但沒有人在，就連像是魔力亂流般的事物都感覺不到。

「！」

當她察覺到是陷阱而重新轉向西格瑪的瞬間——她才注意到筒身上有數個空洞的黑色長筒已經逼近至自己眼前了。

就在刺客想要用化為利刃的頭髮砍斷長筒的瞬間，長筒應聲炸開，從內部溢出了比盛夏的太陽更刺眼的眩目光芒。

西格馬在對刺客投出了閃光彈（M84）的同時，豪邁地撞破窗戶往戶外縱身一跳。

隨後屋內傳出爆炸聲與一片閃光時，他已經開始落下。

西格瑪與刺客所在的房間雖然位於二樓，但是他靈巧地在空中重整態勢，如貓般輕鬆著地。

——物理性攻擊的閃光彈雖然無法傷及英靈的眼睛與鼓膜，但是應該可以讓她失明個一瞬間。

——也已消除氣息了。就這樣暫時先躲在某處……

西格瑪一邊期望對手不具備氣息感知的魔術與能力，一邊起身時，他的雙眸映入了無法置信的光景。

他看到閃光彈爆炸的房間中，有名掩住雙耳並癱倒在地的女性身影。

——！

從服裝來看是一般人，但是一般人在這種時間出現在這種沼澤地的宅邸本身就很不自然。按此來看，那名女性就是刺客的主人——那個什麼吸血鬼的嗎？

接著，背後響起船長的聲音：

「不對喔。那個人不是刺客的主人。而是遭到聖杯戰爭波及的可憐小姑娘啦。」

「……」

至少這些「影子」至今沒有說謊過，也沒有說謊的理由。

基於能俯瞰一切的「看守」所給予的情報，西格瑪將前方數公尺處的少女假定為一般人。

接著，西格瑪對那種「遭到波及的一般人」所採取的行動是——

「快逃！待在這裡的話會被捲入戰鬥中的！」

他只是用情感淡薄的聲音如此呼喊。

「……」

呼喊過後，他隨即就感到後悔。

——我在做什麼？剛才的呼喊會讓刺客掌握住我的位置。

若是按照年幼時接受過的教育來求生的話，應該要將目擊者少女迅速抹殺，或者將她當作誘餌，讓自己趁機躲起來才是正確答案。

——……這代表，我已經受到看守的影響了嗎……

「喂喂喂，不要怪到別人身上好嗎，小哥。」

儘管可聽見背後傳來「影子」悠哉的聲音，但是西格瑪無視那聲音，往少女那兒跑了過去。

「有強盜占據了那個家，我來當誘餌，妳快點逃……」

在西格瑪把台詞說完之前，黑影便阻擋在他與少女之間。

「唔……」

接著，在刺客要朝西格瑪刺出手刀的瞬間——她的手被一隻穿著皮革外套的手臂從旁抓住而停下動作。

「……」

刺客只是保持沉默，狠瞪著穿皮革外套的人。

接著，這名身穿皮革外套，頭髮中混著紅髮的金髮男性，開朗地笑著說道：

「妳剛才的手刀好像沒有瞄準要害，沒有打算殺死他嗎？」

「……這個魔術師對我沒有殺意，所以我無法判斷他是否該殺。不過既然他身為聖杯戰爭的主人，就必須阻止他有最低限度的動作。」

「這很難說呢，因為他即使看到了綾香也完全沒有敵意。一般狀況下，這時都會認為她是刺客的主人吧。」

「……」

無視陷入沉默的刺客，金髮男一邊扶起他稱為綾香的少女，一邊對西格瑪開口說道：

「我是以劍兵職階顯現的使役者，請多指教啦。」

乾脆地說出自己情報的男性，露著無畏的笑容繼續說：

「總之，可以先聽聽我們怎麼說嗎？如果你期望的是一場廝殺……唉，畢竟是聖杯戰爭，我也會毫不猶豫地接受就是了……」

西格瑪不明白對方的企圖，於是一邊警戒一邊看著對方，可是「影子」之一卻將手搭在西格瑪身上說道：

「算了吧。」

「……」

模樣會令人聯想到日本武士的年邁影子，對西格瑪輕輕一笑地說：

「你眼前的男人恐怕具備了連那個叫突擊步槍的玩意兒射出的子彈都能閃開的速度，『現在的』你毫無勝算。不過，若你要視這為在絕境中求生的考驗來挑戰，我不會阻止你。」

西格瑪對這種彷彿自己遲早會有勝算般的說法感到疑惑，但他最後還是大大嘆了口氣，對自稱劍兵的男性行禮：

「屋裡有客廳……我來帶路。」

在西格瑪一臉莫名其妙地朝客廳前進時，走在他身旁的船長用奇怪的表情問道：

「不過啊，小鬼，我知道你只是想隨便喊出一個英雄的名字啦，可是為何偏偏喊出的是個喜劇演員的名字啊？而且那還是時代比我新的人類耶。」

船長在問的，應該是指剛才欺騙刺客的那聲呼喊吧。

從走在身後的三人完全沒有察覺到來看，西格瑪確信「影子」的聲音的確只有自己才聽得到。

西格瑪稍作思考後，小聲地回答船長：

「……我最先想到的偉人之名正好是這個罷了。」

「……原來如此，你的興趣是古典喜劇嗎？真意外呢。」

有關查理．卓別林的知識，或許也是透過「看守」從世界得到的吧，船長咯咯一笑，就在他消去身影的同時，持蛇杖的少年慈愛地對西格瑪開口：

「既然如此，你就努力讓自己能笑著結束這場戰爭吧。」

對這句話語塞的西格瑪，無語地加快步伐。

西格瑪看過喜劇電影好多次了。

要說喜不喜歡，可以說是喜歡吧。雖然欽佩這些電影，但若是問他是否有打從心底笑過的話，西格瑪怎麼樣都無法點頭。

因為他無法想像自己發自內心而笑時的姿態。

像剛才劍兵露出過的那種笑容。

西格瑪認為那是彷彿在享受世間一切的笑容。

死後都還在繼續戰鬥的英靈，為什麼能露出那種笑容——

西格瑪明白就算思考也得不到答案，只好靜靜地壓抑住自己的心。

西格瑪認為他對那些露出笑容的人所懷有的嫉妒與憧憬，對現在的自己都是毫無用途的玩意兒。

說起來，自己有笑的資格嗎？

內心懷抱著根本性的疑問的同時，西格瑪又將邁向新的考驗。

就在與據說能洞悉一切的看守締結契約，同時又為無法看透自己內心一事感到些許焦躁的狀況下。

西格瑪再次確信了。

自己不相信任何事物。

無論是神佛，甚至是惡魔。

他也曾經想過，把自己委託給那些事物，是不是就能笑出來了呢——

然而他察覺到，連自己都不相信的自己，根本沒有東西可以拿來奉獻。

西格瑪再怎麼絞盡腦汁，也無法從自己身上找出可以打從心底認為「這是值得奉獻出去的事物」。

第十一章

「第二日　午前
神自黃昏重返」

肉類食品工廠地下

「殺掉也無所謂嗎……？妳覺得到底有多少人能接受這句話呢？」

表情毫無改變的巴茲洛迪，對闖入的人工生命體這麼說。

另一方面，她像是打從心底感到不可思議般，費解地歪著頭。

「咦？如果不能接受我說的話，當下就不用視對方為人了吧……」

聽不出來這是玩笑話，還是挖苦之言。

在這個時間點已經完全感覺不出能夠和對方溝通了，但是巴茲迪洛仍然面無表情地，為了探出對方的情報而繼續對話。

阿爾喀德斯正維持著實體化在他身後待命。

雖然由主人站在前方很奇怪，但是由於阿爾喀德斯的主要武器是弓，因此他與主人一同判斷由自己從後方一覽整個狀況比較好。

「那就是艾因茲貝倫的人工生命體的思考方式嗎？」

高等的人工生命體，的確有可能認為自己的地位比人類還要高。

即使如此，雖然已經聽法蘭契絲卡提過有關艾因茲貝倫的種種事蹟，巴茲迪洛卻覺得人工生命體的思考傾向似乎有些不對勁。說起來，纏繞在她身上的氣息與自己所知的人工生命體會有的氣息並不相同。

「啊——你說的艾因茲貝倫，是指做出這具『容器』的那些人嗎？雖然他們的程度遠不及於我們，不過，也算是努力過了吧。」

「……妳說容器？」

「沒錯，雖然要是沒有這具容器，我也想過找個人類強硬地附身上去就是了……不過那麼一來靈魂就會混合，導致記憶與人格產生偏差。這具身體不會有那種影響，所以很棒喔。彷彿從一開始就是為了當作神的容器而製造出來的呢。」

神的容器。

當女性說出這個單詞的瞬間，巴茲迪洛感覺到身後的空氣驟然變冷。

阿爾喀德斯一邊緊握著弓，一邊向她問道：

「妳剛說……神的容器？」

「對啊。」

「那麼，妳的意思是自己是神嗎？」

「應該說是女神啦……喂，等一下啊！」

說話的同時，艾因茲貝倫的人工生命體睜大了眼睛。

緊接著，一道轟聲從巴茲迪洛身旁劃過。

房間裡刮起暴風，纏繞死亡的箭矢席捲工坊裡的魔力，並衝向自稱「女神」的女性。

女性雖然看似慌張，但是她馬上就從手中釋放魔力將那支箭矢包住。

接著，彷彿空中有人鋪設了看不見的軌道般，箭矢在她的身邊盤旋起來，不斷地轉了數十圈。

接著，阿爾喀德斯射出的箭矢就在速度絲毫未減的狀況下，回擊往巴茲迪洛的方向。

「……」

巴茲迪洛將頭往旁微傾，以毫釐之差躲過了箭矢。

而襲往皮膚、鼓膜與眼球的衝擊波，則是由魔術強化過的身體表面竭盡所能地彈開。

站在他身後的阿爾喀德斯，更是用單手握住那支箭矢，隨即產生的空氣震動也緊接著迴盪於工坊中。

看完這一連串發展的巴茲迪洛，稍微瞇起了眼。

——用的不是什麼特別的魔術呢。單憑純粹的操控魔力，就擊回了阿爾喀德斯的箭嗎？

現下，不管是巴茲迪洛還是阿爾喀德斯，都已經不認為眼前的女性是人工生命體的魔術師了。

雖然對方身分不明，也無法判斷她自稱「女神」這件事是否屬實，不過至少可以認定對方是力量足以與使役者匹敵的「某種事物」吧。

身後的阿爾喀德斯似乎也做出了同樣的判斷，但是由於魔力通路傳來了他那股熾熱搖蕩的憎恨情感，所以巴茲迪洛盤算起該如何控制住阿爾喀德斯。

無視於正在盤算事情的巴茲迪洛，自稱女神的人逕自與復仇者交談起來：

「真是沒禮貌。意圖射殺神的這種傲慢，可與東方的皇帝相比呢。」

「誰才是不懂禮貌的一方？在我眼前自稱女神的女人啊，回答我的問題——妳為何要闖入我等的據點？」

「哎呀？現在在進行聖杯戰爭對吧？雖然我既不是主人也不是使役者，但是想站在哪個陣營是我的自由啊，所以……」

說到這裡時，人工生命體的眼中閃現詭異的光輝，並從手中生出大量如箭矢般的光彈。

「想幫忙排除掉我看不順眼的對抗勢力，不是理所當然的嗎？」

雖然這句話是以輕鬆的口吻吐出，但聲音中並未摻雜任何一絲像是情感的情緒起伏。

彷彿是在模仿人類行為的機械人——就在她散發出這種氣氛的瞬間，呈現箭矢狀的無數魔力團塊，朝向巴茲迪洛與他身後的阿爾喀德斯襲擊而去。

然而——

那些光彈在巴茲迪洛的眼前消失了，而且才剛從完全不同地方的牆壁上出現，就又筆直地飛向人工生命體女性。

「……」

女人無言地將手向下一揮。

接著，所有箭矢的軌道都被往下扭曲，魔力四散，還未抵達地面就消失了。

「空、空間的……迷宮化……」

在此之前一直在自稱女神的存在後方，躲在入口陰影處，同時窺視著一切的魔術師不禁脫口而出。

女神聽到像是夥伴的女魔術師所說的話時，露出無畏的笑容開口：

「嘿——總算發動結界啦？敵人都來到眼前了才開始蓋迷宮，你倒是挺悠哉的呢。」

對於女神這句略帶嘲笑的發言，巴茲迪洛淡然回答：

「沒這回事喔，這才是原本的使用方式。」

巴茲迪洛就這麼面無表情地將雙臂向外一攤，並從兩手釋放出魔力。

伴隨著他的動作，地下倉庫的天花板蜿蜒起伏地敞開，接著視野可見的是透著藍色的早晨天空。

接著，肉類食品工廠整體就在一邊扭曲變形的情況下，逐漸成為截然不同的模樣。

下個瞬間，從螺旋扭開的天花板上開始接連出現以自由落體的方式墜下的凶惡魔獸。

彷彿工廠整體化成了巨大的肉食獸，正要從內側吃掉身處內部的眾人。

見到這般情景，一直躲在菲莉雅身後的哈露莉不禁嘀咕道：

「……怎……怎麼可能……居然會有規模如此龐大的防衛機構……」

——將空間的一部分化成異界了……？

——既然能夠製作出這種規模的防衛機構，為什麼不從一開始就……

就在哈露莉思考到這裡時，菲莉雅開口了：

「哼——是這麼一回事呀。」

菲莉雅一邊盯著那些降落下來的麻煩魔獸，一邊淡然地思索關於對手工坊的特性。

「不是用來防止外來事物的侵入，這間工坊似乎從一開始就建成不讓進來的傢伙能夠出去的結構……可以看出建造者的惡劣個性呢。」

菲莉雅說到這裡，嘴角一揚，直接將手舉向那些墜落而來的魔獸——擊發出華麗的魔力箭矢。

×　×

「……工業區的工坊在運作了？」

接到部下的報告後，法迪烏斯走到監視房間的一角。

現在，他的使役者刺客正為了暗殺迦瓦羅薩．史夸堤奧，前往史夸堤奧家族位於西海岸的根據地。

因此，正處於毫無防備狀態下的法迪烏斯，打算在使役者回來前徹底做好工坊的防禦與收集情報的準備。

他本來想著沒有出現大動作最好，但是他的祈求卻沒能傳達給世界——從一大早局勢就出現了好幾個劇烈的變化。

首先是襲擊了警察局，疑似刺客的使役者現在回到了西格瑪當作據點的宅邸，並且劍兵與似乎是其主人的女性也出現在那裡，而且好像還在客房裡休息。

——莫名其妙。

法迪烏斯問西格瑪是否能收拾他們，但西格瑪以刺客在警戒著他為由表示有困難，於是法迪烏斯向西格瑪下達指示——總之探詢對方的情報，並在刺探過程中提出為了與英雄王及其推測實力與他相當的槍兵朋友等敵人交戰，組成共同戰線的提議。

然而後續卻讓法迪烏斯越來越混亂。

當他詢問西格瑪知不知道自己締結契約的使役者究竟是誰的時候，西格瑪雖然沉默了幾秒就給出了答案，但是那個名字實在超脫了常識。

『……是卓別林。我喚出的英靈是槍兵查理．卓別林。』

「…………不好意思，你可以再說一次嗎？」

『是槍兵的英靈，查理．卓別林。至於用的寶具那些情報我會再向他打聽，因為我判斷用令咒強制問出來並非上策。那麼我先切斷通訊了。』

西格瑪就這麼切斷通訊，讓法迪烏斯煩惱了片刻。

——卓別林。

——什麼玩意兒？……這有可能嗎！

——槍兵？喜劇之王？為什麼？

——他在說謊嗎？不，可是……即使如此，也不可能喚出卓別林吧。

——到底……這場聖杯戰爭到底出了什麼事……？

就在法迪烏斯困惑了一會兒的這時候，部下帶來了「史夸堤奧家族的複合魔術工坊開始運作了」的情報。

「……所以我才會反對由法蘭契絲卡負責挑人選啊。」

法迪烏斯當初考慮過，要與鐘塔的各個派系私下交易，讓他們分別從自己的派系裡挑出魔術師當人選。

像是創造科（巴爾耶）的奧古斯都・亨利・阿斯普朗德、礦石科（基修亞）的克拉斯特・雷尼・維格納、全體基礎科（密斯提爾）的巴雷亞・塞克爾菲、動物科（奇美拉）的米薩利亞・克洛拉姆等等，可以當人選的人要多少都有。法迪烏斯當初的計畫是要選出那些有魔術師樣子的魔術師，同時也是完全能由己方從幕後操縱的人。

可是，由於整體方針轉向了與鐘塔完全為敵的趨勢，結果靠著法蘭契絲卡的仲介，變成由各式各樣的「異端魔術師」成為主人來參戰。

就連在這些人當中，與法迪烏斯有某種程度關聯的西格瑪，也像剛才那樣為他帶來了混亂。

再加上聽到報告指出哈露莉被艾因茲貝倫的人工生命體帶走，前往巴茲迪洛的工坊後，法迪烏斯甚至不禁嘆道：「把刺客派去遠方是失敗之舉嗎？」

——就算用令咒能做到強制轉移，但是有可能從西海岸轉移到這裡嗎？

若是真正的聖杯戰爭就姑且不論，但現在進行的聖杯戰爭是累積了無數蠻幹行為而形成的虛偽儀式，就連身處幕後黑手方的法迪烏斯，也無法預測究竟會發生何種異常狀況。

——不過，可惡的哈露莉．波爾札克……還以為她是要去與巴茲迪洛共組戰線，沒想到會突然就打起來啊。

——或者，是艾因茲貝倫的人工生命體搞的鬼……

就在他頭疼到想嘆氣時，部下中的女性魔術師愛德菈對法迪烏斯說道：

「工坊似乎已經展開到最大極限。雖然工廠地區同時有鋪設驅人結界，但是為了避免萬一，我們在更外圍的地方也鋪設了驅人結界。剛才也接到警察局長聯絡說已派出數名『二十八人的怪物』前往當地。」

「我知道了。不過最好別輕易靠近那裡，說不定會被工坊一起吞掉。」

「……居然對那麼龐大的工坊施加了結界與異界化的措施，真是不敢置信。」

「喔——那個啊，其實用於異界化的面積並沒有那麼大。」

法迪烏斯輕鬆地對心懷疑問的部下說出實情：

「雖然耳聞過在冬木進行的第四次中，那位『前代』艾梅洛閣下曾經在自己的工坊裡做出了將旅館通道的一部分化為異界的迷宮，不過即使是他那種水準的魔術師，搬出了與自己最適合的三組魔力爐來做，那也是極限了。若是太古的著名迷宮魔術師寇巴克．艾爾卡特拉斯就姑且不論，憑一介魔術師之力要將城市的一個區域完全異界化根本就是難如登天的事。」

法迪烏斯一邊搔著頭，一邊淡淡地解釋狀況。

又或者，他是打算藉著描述自己所知道的常識，從目前的混亂局勢中保護自我吧。

「那個實際上是由史夸堤奧家族的眾魔術師完成的複合藝術，巴茲迪洛不過是『起動』工坊而已。要是讓工坊完全運作起來的話，或許連巴茲迪洛本人也會出不了工坊吧。」

「複合藝術嗎……？」

「沒錯，那是由多位魔術師組合各自擅長的魔術領域而生的產物，其中複雜地交纏著如異界化、幻術、結界，與魔獸的配置之類的各類型魔術。雖然個別的工坊在防禦力面都不及『前代』艾梅洛閣下，但是由具備超常魔力的巴茲迪洛強硬地連他人的工坊都一併起動後，就有可能出現那種程度的絕技了。」

法迪烏斯一邊透過螢幕觀賞蠢動著的肉類食品工廠，一邊繼續說道：

「不只那座肉類食品工廠，周圍的工廠也全都是由史夸堤奧家族的魔術師所有。而且還全都設計成用來輔助那座肉類食品工廠的形式在運作著，所以即使是有實力的魔術師，想要逃出處於那種狀態的工坊也很困難吧。」

「那麼，您的意思是艾因茲貝倫的人工生命體與哈露莉小姐束手無策了嗎？」

「怎麼可能。」

彷彿直到剛才對工坊下的讚譽全是謊言一般，法迪烏斯乾脆地否定部下的發言。

「只有她們進去那就姑且不論，但是哈露莉喚出的英靈也在其中的話，狀況就會有所改變。

我剛才提過的那棟冬木的旅館工坊，當時好像是將整棟旅館都摧毀掉，但那座迷宮若是由魔術造詣深厚的英靈來挑戰的話，被突破只是遲早的事吧。」

法迪烏斯所提出的這個意見，其實與十年前的他的想法完全相反。

那時的他認為，即使是稱為英靈的英雄，想突破現代的迷宮化工坊也很困難，一定要用某種對手沒想到的方法才能突破吧。

但是在接觸過祖先留下來的人偶資料——觸及冬木的第三次聖杯戰爭的「記憶」，並且實際與哈山．薩瓦哈這名英靈接觸過的現在，他有了確切的想法。

那種程度的迷宮，根本對擁有優秀力量的英靈沒用。

——不過若是換成出現在冬木的第三次戰爭「記憶」裡，那名看似弱不禁風的復仇者或許就沒辦法突破了吧……

法迪烏斯一邊思考著這些事，一邊望向螢幕。

「總之她們為了突破工坊而喚出了使役者，這下真是好極了。這是觀察對方擁有哪種能力的絕佳機會啊。」

螢幕上映著使魔俯瞰肉類食品工廠的景象，法迪烏斯目不轉睛的盯著螢幕，用通訊設備詢問部下另外一件事：

「……『荊棘』，這裡是『家畜』。那邊的情況怎麼樣了？」

『沒有動靜。宅邸裡有兩道類似人類的熱源反應。以魔力反應來判斷，似乎有兩名英靈正處於顯現狀態。』

「兩名……把西格瑪喚出的英靈也算在內，應該要有三名英靈才對啊……有誰靈體化了嗎？」

『不清楚。曾從二樓窗戶確認到類似劍兵的使役者，但是魔力計測出現奇怪的不穩晃動……彷彿像是有多具靈體重合般……』

法迪烏斯原本想直接向含糊其詞的部下聽取詳細的報告，但是——

「晃動？什麼意思？先把詳細的數據…………？」

『長官，怎麼了嗎？』

雖然對長官突然停止發言感到疑惑，但部下的提問並未傳入法迪烏斯的耳中。

映在他視線裡的是——正在肉類食品工廠的監視影像中蠢動的，某種不可能存在的東西。

「……『荊棘』，這裡是『家畜』。麻煩將最低限度的人數留在現場，其餘人立刻前往工廠地區。」

下達最低限度的指示後就結束通訊，法迪烏斯瞪著螢幕。

法迪烏斯知道哈露莉原本想喚出的英靈是誰。

畢竟透過國家的力量來準備觸媒的就是法迪烏斯本人。

可是他剛才看到的「某物」，其姿態與他預料的根本完全不同。說起來這個稱為英靈的存在，與其說是人，不如說更接近野獸或昆蟲的模樣。

而且全身都包覆著齒輪、活塞、電線以及纜線。體型更是能將小型組合屋踩扁般的巨大。法迪烏斯一邊看著那個龐然大物，一邊瞇著眼喃喃自語：

「哈露莉小姐……妳到底召喚出了什麼啊……？」

× ×

幾分鐘前　肉類食品工廠

「主人啊，這個結界也會阻礙到我們嗎？」

雖然語帶冷靜，但是阿爾喀德斯似乎盤算好一有機會就要使出全力了。

畢竟對他來說可稱為不共戴天之仇敵的存在——也就是自稱「神」的一員的女性出現在他面前，有這種念頭也是理所當然的吧。

巴茲迪洛沒有打算勸諫或是阻止他，只是維持站在女性與阿爾喀德斯之間淡然述說：

「是指向性的結界，但並非完全。不過對你來說一點阻礙並不成問題吧？既然說自己有能蹂躪女神的力量，就在這裡展示給我看看吧。」

「……不用你說我也會做。」

接著，阿爾喀德斯為了攻擊正不斷招呼著「從天而降的魔獸群」的女神，開始往仍在變形的肉類食品工廠上層移動。

巴茲迪洛也在同時有了動作。

他從懷中掏出庸俗的手槍，往與人工生命體女性一起出現的女魔術師所在處，緩緩邁步前進。

「啊……」

哈露莉與朝著自己走過來的魔術工坊主人四目相交，感覺身體中頓時失去了血氣。

巴茲迪洛渾身散發的氣氛，彷彿是頭只為殺人而造的合成魔獸，哈露莉面對他的視線時，重新體會到自己來到再也無法回頭的地方了。

不僅在物理方面出不去，立場上也無法回頭了。

她一面後悔自己只是隨波逐流地來到這裡，另一方面也想到要是沒有菲莉雅在，自己這條命早就沒了的事。

那麼，該拿這條撿回來的命做什麼呢？

思索到這時，腦海裡浮現的念頭是──果然，還是要對魔術世界進行復仇。

「……」

哈露莉一邊回想自己「過去」的同時，眼神中流露的膽怯也隨之減少，接著冷靜下來。

雖然哈露莉是憎恨魔術世界的少女，但是在能做到切換感情這個行為的時間點，或許就能說她擁有身為魔術師的才能了。

總之現在存在於她內心裡的，是為了從這個局勢脫身，決定要利用自己一切所得之物的覺悟。

──對……沒錯。

──明明從一開始，我就打算在這個世界無所忌憚地大鬧一場，然後消失的呀。

──我到底在害怕什麼呢？

是注意到她的內心狀態改變了嗎？巴茲迪洛停下腳步，將槍對準了哈露莉並問道：

「妳們會來到這裡，是出自妳的指示嗎？」

「……是菲莉雅小姐的提議。我……只是跟著她來的。」

「是嗎，『那個』叫做菲莉雅啊………『那個』到底是什麼？」

巴茲迪洛果然也很在意菲莉雅的異常性，哈露莉對他搖搖頭，集中精神注意朝著自己的槍口，開口說道：

「是我的恩人。這就是我唯一明白的事，目前也不需要明白更多。」

在遠處消滅魔獸的菲莉雅似乎聽到了，清脆地笑道：

「哎呀？明明剛才還怕得抖個不停，卻說出了那麼令人高興的話呀。不過，只要注意到我的魅力，的確就不需要弄明白我的事了嘛。」

當她說出這話的同時，不知從何處射出的箭矢從她的死角接近。

但是就像剛才一樣，纏繞她全身的濃密魔力扭轉了軌道，箭矢就這麼朝著不斷從天而降的魔獸群射了過去。

被箭命中的魔獸一一粉身碎骨，而巴茲迪洛的使役者像個弓兵般，將箭矢隱藏於飛散四處的血沫之中，再次朝菲莉雅射出。

「再來幾次都沒……！」

菲莉雅把說到一半的話吞了回去。

不知道對手是在何時射出的攻擊，映在她視野裡的，是從敞開的天花板可窺視到的天上飛來的數十支箭矢。

但是，從那些箭矢能準確地瞄準菲莉雅落下的軌道來看，那些箭絕對不是單純地朝天空射去後等待其落下而已。

接著，菲莉雅又注意到另一件事。

青銅的箭矢在往她落下的同時緩緩產生變化，成為了有著金屬羽翼及喙的鳥。

「那是……斯廷法利斯湖怪鳥（西方戰神的使魔）……？」

每支箭矢都幻化成了由青銅包覆住喙、翼，以及腳爪的巨鳥，這種景色雖然別具幻想風味，但是由於那些鳥正殺氣騰騰地朝向這邊過來，因此根本沒有看到入迷的餘暇。

「……嘿，挺行的嘛。」

吐露佩服之詞，臉上的表情消失的菲莉雅，即將遭受無數鳥兒的襲擊。

同一時間，哈莉露被此光景奪走了注意力——

瞄準了別過視線的女魔術師之心臟，巴茲迪洛手中的槍，擊出了槍彈。

然而，那顆槍彈並沒有接觸到哈露莉。

巴茲迪洛加工過的，可突破高位防禦魔術的槍彈，被看不見的牆壁給彈開了。

接著下一瞬間——「那個」在工坊中央顯現了。

正當巴茲迪洛與哈露莉之間的空間響起了噪音般的聲音時，鐵鏽色的巨大鐵塊就伴隨著劈里啪啦的聲響現身，成為一堵隔開兩人的牆壁。

另一方面，在別的地方出現的鐵塊橫掃菲莉雅的上空，只以一擊就將那些由箭矢所化成的青銅鳥一舉擊碎。

噪音響徹的範圍隨之擴大，最後巨大的影子終於在工坊中央現出了其全貌。

其中比任何狀況都詭異的，是「那個」的大小。

在哈露莉眼前現形的狂戰士，其身形遠比她之前目視過的還要更巨大，如今已經變化為可以名正言順地稱之為怪物的大小了。

×　　×

某個地下設施

照不到日光的房間深處，正在照顧馬的女性驚訝地停止了動作。

「怎麼了，小波呂忒？妳剛才的魔力有點混亂呢。」

隔壁房間傳來女性的聲音，被稱為小波呂忒的女性困惑地說道：

「剛才……我感覺到了父親愛鳥的氣息……可是馬上就消失了。」

「愛鳥？」

「斯廷法利斯湖怪鳥……據說是從前身為戰神的父親所疼愛的魔鳥……不過我聽說被『那個男人』給逐出半島了……」

「喔──那應該就是『他』召喚出來的吧？他不是也帶著妳那條帶子嗎？唉，既然氣息都消失了，還是不要勉強前往比較好喔。」

對方乾脆地回應，被稱為波呂忒的女性聽了後思考片刻，輕輕點了頭。

「說得也是。請放心，主人。我不會再獨斷行動了。」

以凜然的語氣開口的女性，隨後有些羞赧地繼續說下去：

「還有……主人，請妳還是別用『波呂忒』這個稱呼……」

「咦？這個稱呼不錯啊。因為叫希波呂忒，所以稱妳為小波呂忒。還是叫妳小希波比較好？」

「……還是叫波呂忒吧。」

感到傻眼而嘆氣的女性騎兵使役者──希波呂忒。

她的表情與其說是不滿波呂忒這個小名，看起來更像是純粹在害羞。

那樣的她，忽然一本正經地再次望著氣息出現的方位。

平常的希波呂忒，並未如此擅長於感知氣息。

但是她隨身帶著的寶具，會對與繼承自父親的戰帶相似的氣息特別敏感吧。

希波呂忒認為，那裡恐怕正發生著包含了阿爾喀德斯在內的戰鬥，她重新繃緊精神，走向自己的馬。

總有一天必須分出勝負的大英雄。

她一邊想著成為那般「悲慘下場」的復仇者的事，一邊磨著咬緊的牙。

×　　　　×

肉類食品工廠

「哎呀，連我都一起保護啦？真是好孩子呢。」

菲莉雅看著遭到擊潰的青銅之鳥微微笑著，同時仰望現身的「那個」。

出現於面前的，是至今為止都藏匿住姿態及氣息的，哈露莉的使役者。

但是看到其姿態後，最震驚的人卻是哈露莉。

「咦？」

——比剛才……又變得更大了？

在來這裡的途中，沿著大樓外牆爬行時還只有一頭象的大小。

可是現在，其外貌卻變成了能將那頭象運進動物園的牽引貨櫃車給整輛抱起來的巨大機器蜘蛛。

雖然不見狂戰士有什麼大動作，但是不知為何一直響著不停迴轉的齒輪聲與金屬的磨擦聲，雙眼依然閃耀著炯炯的高熱白光。

接著與哈露莉最早聽到的聲音一模一樣——有如生鏽的唱針尖端磨擦著唱片的聲音，在巴茲迪洛的魔術工坊內迴響著。

「ＴＴＴＴ敵敵ＫＫ……敵ＴＴ敵敵敵ＴＥ敵敵敵敵ＫＫＫＫ人人人人……」

狂戰士一邊嘎吱嘎吱地抖動著身體，一邊彷彿要訴說什麼地鳴叫著。

當哈露莉為此困惑時，菲莉雅微笑地向她說道：

「快啊，哈露莉！妳是主人啊，快點下令吧？」

「咦……？」

「狂戰士在詢問敵人是誰喔！要是放著不管，我想可能會把妳與我以外的人全部視為敵人，然後毀掉整座城市喔，這樣好嗎？」

「……！」

聽到菲莉雅這麼說後，哈露莉慌張地看向狂戰士。

告訴我，敵人是誰。

狂戰士炯炯有神的目光彷彿正在如此訴說，就連現在也站在巴茲迪洛與哈露莉之間，守護著己方。

巴茲迪洛隨後開了數槍，有時還利用藉由魔術產生的折射從死角瞄準哈露莉。然而這些子彈都遭到從狂戰士身體延伸出來的纜線撢開。

接著，狂戰士的身形緩緩地在空氣中消失。

噪音雖然也同時消失，但是到剛才為止都一直存在著的「壓力」仍然留存於工坊內。

——這和菲莉雅小姐剛才在街上做過的隱蔽不同，連我都看不到他了。

——這名英靈，甚至可以自行消去身影……？

哈露莉不禁屏息，並且確切體會到自己是真的與超乎想像的英靈締結了契約。

菲莉雅剛才對自己說過，要對這名狂戰士下達敵人是誰的命令。

雖然對手是敵對的主人，但哈莉露有種自己正在被考驗到底能否殺人的感覺。

哈莉露思索著。

像魔術師一樣扼殺自己的心，讓內心不再顫抖。

那麼，自己能在此下達那個命令嗎？

去殺人的命令。

自己能像個魔術師般，從現實的倫理觀念中解放自己嗎？

還是表面上要像是主張自己仍然是個人類般，以這是正當防衛作為理由？明明是自願投身於這場聖杯戰爭的？

「……」

短暫猶豫過後，她對看不到身影的狂戰士大聲喊道：

「狂戰士！敵人是這座『魔術工坊』！請你……大鬧一場，毀掉這裡吧！」

像是狂戰士喜於受命的反應表現般，嘎吱嘎吱的聲音響徹周圍的空間。

然後，菲莉雅不知何時跳到了哈露莉身旁，將手輕輕地搭上她的肩膀。

「咿呀！」

哈莉露發出驚訝聲，菲莉雅則是瞇眼露出溫柔微笑，看著她說：

「哦──巧妙避開了呢。妳無法開口下令直接殺掉對手啊。」

「……我、我沒有那種意思……」

「啊，妳別誤會喔！我並沒有在責備妳啊。」

菲莉雅一邊笑嘻嘻的，一邊用魔力箭矢將倖存的魔獸一一消滅。

接著她用完全不變的笑容，平淡地對哈露莉這麼說：

「因為，萬一哈露莉是能輕易地下達殺人命令的孩子，那就已經不算是人類，而是屬於魔術師的範疇了嘛……──」

台詞的後半部分被破壞聲給蓋了過去。

是化為肉眼不可視狀態的狂戰士開始大鬧了吧。周圍的牆壁及地板被猛烈地壓碎，狂戰士正以強大的力量破壞著有部分已經異界化的通路出入口。

「好了，剩下的就交給狂戰士，妳也快逃吧？因為要是殺得不好的話會導致『汙泥』飛散開來，所以那名表情可怕的魔術師和扭曲的英靈，得要慎重地收拾掉才行……」

菲莉雅一邊說著這些話，一邊在瓦礫碎片間跳躍著，消失了身影。

哈露莉看著那樣的她，全身冒出冷汗。

不用菲莉雅告訴她，哈露莉自己就往解除了異界化的出入口一躍而去。

此舉彷彿不是想逃離巴茲迪洛與那名像是弓兵的使役者，而是要逃離菲莉雅似的。

因為她剛才都聽到了。

在猛烈響起的破壞聲中，菲莉雅笑著告訴自己的話語的最後部分。

——「因為，萬一哈露莉是能輕易地下達殺人命令的孩子，那就已經不算是人類，而是屬於魔術師的範疇了嘛……」

——「說實話，那樣就沒有留妳一命的價值了。」

並非玩笑，那段話是認真的。

確信如此的哈露莉，感謝著身為恩人的菲莉雅，但是也對她深懷恐懼。而至今思考過好幾次的疑問又再次浮上心頭。

——我究竟……召喚出了什麼呢？

「……」

——並不是靈體化呢。

巴茲迪洛如此判斷，心想恐怕是對方的特殊能力。

連聲音都能消除這部分恐怕是英靈的技能，也可能是那名自稱「女神」的某種事物所擁有的能力。

即使是使役者，若是一直在這棟工坊裡維持靈體化，應該也會受到工坊的結界與魔術的影響而身受重傷才對。這麼判斷的巴茲迪洛，因此推測那名不曉得到底是英靈還是怪物的「某種事物」，應該是從一開始就遮斷了身影、聲音以及魔力吧。

吸了口氣恢復平常心後，巴茲迪洛冷酷地下定決心，以念話告訴阿爾喀德斯：

『這棟工坊恐怕會被摧毀吧。所以你用全力也無所謂了。』

『可以嗎？連那個裝置也會一併失去喔。』

『沒問題，史夸提奧家族已經能量產那個裝置了。』

巴茲迪洛輕易地斷言，回答了阿爾喀德斯的問題。

『就算才現在開始增產魔力結晶，也只是杯水車薪。現存的結晶早在工坊發動防禦機構的當下就已經撤離了，你放心吧。現在要是為了一時的小氣而失去一切，我就無顏面對見史夸堤奧家族了。』

似乎做好要毫不在意地割捨掉什麼的決心後，巴茲迪洛也對自己的身體施展強化魔術，在飛散的瓦礫中跳躍。

『反正無論如何，都鬧到這種程度了，法迪烏斯和奧蘭德也會有動作了吧。就算你放手去做也不會有什麼改變。』

『姑且不論真偽，既然對手自稱女神，那我就不打算去想隱蔽魔術的事了喔。』

『無所謂。那些人似乎早就做好事有萬一時，要將整座城市處理掉的準備了。先不管法蘭契絲卡和警察局長會怎麼想，但是法迪烏斯的話，只要有必要，他就會即刻發動那個手段吧。』

語氣始終是一片淡然的巴茲迪洛向阿爾喀德斯問道：

『反正只是犧牲掉八十萬人而已。拿來作為隱蔽魔術的代價的話，鐘塔那邊也會點頭吧。但是，你有這份覺悟嗎？』

對於這彷彿測試般的話語，阿爾喀德斯毫不猶豫地回答：

『當然。為了殲滅諸神，這種程度是正當的代價。』

接著，阿爾喀德斯將力量施展開來。

一切皆為向自稱神之女、似是其僕從的魔術師，與其使役者揮下鐵鎚。

即使對方是與自身熟悉之仇敵截然不同的異境諸神，亦是如此。

× ×

沼澤地宅邸

「別把頭伸出窗外喔，綾香。狙擊很可怕喔！畢竟我也是死在皮耶的狙擊手上嘛。」

「就算你拜託我，我也不會伸出去。」

劍兵與綾香正一邊潛伏在宅邸裡，一邊確認狀況。

聽西格瑪說出「宅邸遭到特殊部隊包圍了」的綾香，起初認為是警察派出的像是ＳＷＡＴ之類的追兵。

但是根據西格瑪所言，是與這場聖杯戰爭有關的魔術師的手下。

「美國政府的部分人士和魔術師有勾結……這是哪來的奇幻電影啊？」

「別這麼說嘛，綾香。權力人士和魔術師是好組合喔！就像偉大的騎士王身後，也有催生出他的花之魔術師。我也有喔，雖然不是宮廷魔術師，而是個纏著我不放的怪人。」

「……你是指聖日耳曼嗎？」

明明剛剛才覺得要提出這個名字會有些不安，綾香這時卻又脫口問出。

「妳很清楚嘛，難道那傢伙很有名？」

劍兵驚訝地說道。正當綾香在困惑該如何解釋時，西格瑪再次來到門邊開口：

「七成的部隊剛才移動到別的地方了。現在還留在這裡的只是負責監視的人，你們要移動的話就趁現在吧。」

「部隊移動了？」

對淡然告知狀況的西格瑪，綾香非常不能適應。

昨晚遇到這個人時，他正在與刺客戰鬥。而且雖然是聖杯戰爭的參與者，卻不打算立刻與他們為敵的樣子。

當時劍兵以「那就與我們結盟，一起圍坐圓桌吧」之類的話開始說服他，西格瑪則說出「若是非戰協定就行」這句意料外的發言。於是兩人就這麼在宅邸裡逗留了。

綾香大大地嘆氣，思索事情怎麼會演變成這樣。

說起來，劍兵與那名綠髮的英靈結盟時，也僅是立下「設法處理汙泥與疾病的期間」這種暫定的協議而已。不過他與當時在場的刺客似乎也做了某種交易。

總之刺客表示「我還是無法饒恕你生前的所作所為。不過我也清楚，偉大的山翁之一曾經與你共赴沙場，這是事實。因此，在排除那頭魔物前，我不會殺死你」，因此避開互相廝殺的發展。

然後在綾香還愣著的時候，刺客主動提出「要找據點的話，沼澤地有棟合適的宅邸」，接著表示那頭「魔物」或許回來了，於是一起同行。

——呃……之後因為從窗戶看到光火，刺客就去查看狀況，接著沒多久屋裡就傳出巨響與強光了……

而劍兵就在一陣混亂中提出協議，最後當綾香回過神時，狀況已經轉變成新的局勢了。

覺得自己真的只是一直受到折騰的綾香，對自己的窩囊感到丟臉的同時，也感謝劍兵願意保護這樣的自己。

然後就在想著這些事情入眠，夢到那場奇妙的夢後，最後又被告知對手是特殊部隊——目前的結果就是這樣吧。

——真搞不懂自願參加聖杯戰爭的人在想什麼。

一邊想著的同時，她向西格瑪問道：

「以你的立場而言，出賣我們不是更好嗎？」

對綾香這個直言不諱的提問，西格瑪答道：

「法迪烏斯是屬於一旦利用完對方，就會立刻收拾掉的類型。既然如此，我想和你們這種類型的人建立關係。」

「意思是我們是保險啊……不過你也有可能在利用完我們後，就割捨掉我們吧？」

「我不否認。所以你們警戒著我也無所謂。反正我打從心底不信任你們，所以你們徹頭徹尾不相信我也無妨。」

看著說出如此露骨想法的西格瑪，綾香不禁嘆氣。

就在她迷惑著該問些什麼時，劍兵插嘴問道：

「你剛才說有七成的部隊移動了吧？出了什麼事嗎？」

「好像是工廠地區那邊有怪物正在作亂。」

「怪物！麻煩詳細告訴我……」

——啊，慘了。

綾香原本打算急忙阻止西格瑪，但是為時已晚。

「根據我監聽到的通訊內容——好像不曉得是誰的英靈，還是由英靈召喚出的魔獸，有頭跟這棟宅邸差不多大小的怪物正在破壞工廠地區。」

確認完西格瑪說的內容後，綾香慢慢地看向劍兵。

接著，綾香看到的是名已經一把年紀，眼神卻如孩童般充滿光輝的大人。

「劍兵。」

「嗯？怎麼了，綾香？」

「你想去嗎？」

面對綾香直截了當的提問，劍兵神色動搖地回答：

「……妳在說什麼呀，綾香！我是很想去啦！好想拿著盾啦啥的重現擊退魔貓的傳說，想得不得了啊！可是我不可能帶綾香妳去危險的地方吧？」

「可是，你昨天不就突然把我帶去有其他使役者在的森林嗎？」

「話是沒錯啦……不，可是……現在說的是怪物耶……」

雖然一起行動才短短幾天，但是綾香對這名劍兵已有些許了解。

他基本上就像隻會隨著脊髓反射出現反應，而且行動力荒謬的巨大貓咪。

只要是會引起自己興趣的事物，就算是遠在數十公里外搖晃著的逗貓棒，他也會毫不在乎地飛奔過去吧。

同時又是溫柔體貼的人。

所以，他很明顯地一直在自己的慾望與對綾香的掛念間左右為難。

——雖然受到折騰我也會覺得困擾……

——可是，我更不想成為礙手礙腳的人。

就在綾香這麼想著，打算對劍兵說些什麼的瞬間——

她在視野的一角看到了「那個」。

「……！」

綾香臉上頓時冒出冷汗，呼吸也隨之大亂。

──為……什麼……

──這裡……明明沒有電梯啊……！

佇立在床上的，是戴著紅兜帽的少女。

少女雖然慢慢地面向這邊，但是隱藏在兜帽底下的眼神與表情卻看不清楚。

感覺到少女似乎緩緩動著嘴角笑了，讓綾香恐懼到簡直要放聲尖叫。

「怎麼了，綾香？」

但是劍兵的攀問，讓綾香取回了差點消失的理性。

接著，床上的紅兜帽少女消失了，只剩下覺得奇怪而看著綾香臉龐的劍兵與西格瑪而已。

「沒事，沒什麼。然後？你想怎麼做？要去看看嗎？」

綾香突然改變態度，試著主動提議，但是西格瑪在劍兵開口回答前就先插嘴說道：

「算是我的忠告吧，我認為你們最好別去看。」

「？為什麼？」

對於綾香這般詢問，西格瑪以「剛才我也一起接到通訊了」為前提，為目前的狀況補充了一點。

「我原本的僱主，好像打算做些什麼事情。」

「僱主……呃，那些人不是國家的特殊部隊嗎？」

「雖然我沒有簽過保密義務的契約，但還是要守情理。我不能說得太詳細……但是至少我確定不會發生什麼好事。所以要是你們不想被捲進去，還是暫時別靠近那個地方比較好。」

說到這個地步，西格瑪稍微沉默一下，又吐出不曉得是在說笑還是認真的發言：

「不過……或許在這個時期接近了這座城市的時間點，一切就已經太遲了吧——無論妳我都一樣。」

×　　　　×

陰暗的某處

外面的光芒幾乎無法照射進來，唯有螢幕的亮光成為室內的光源——這裡是法蘭契絲卡的工坊。

工坊的主人法蘭契絲卡一邊讓點心與甜食的包裝袋將亂糟糟的床上弄得更亂，一邊與身為其使役者的少年普列拉提對峙著。

「那我就以主人的身分命令你嘍！……欸，話說你不覺得自己對自己下命令，會有種很強烈的反常感與快感嗎？被命令的一方是哪種感覺啊？」

「嫉妒與被虐的快感互相混雜，在陶醉中有種彷彿完形崩壞般的無法形容感受呢。明天要不要試試看主人與使役者交換角色啊？」

「不錯耶——可是不行。反正你一定會在交換後的瞬間就奪走令咒，開始玩些反過來命令我自殺之類的遊戲吧？」

「妳真懂耶！不愧是我！好棘手啊！」

少年普列拉提一邊咯咯笑著，一邊靠著牆壁，繼續對法蘭契絲卡說道：

「然後呢？什麼命令？雖然我大致能預料到啦。」

「你預料得沒錯！完全正確喔！我打算現在要使役者普列拉提小弟你用全力去收拾那場工廠街的怪獸大決戰！好棒！感覺好像很有趣呢！」

「如果是普通的使役者，這可是就算被用令咒命令了還是想拒絕的差事呢。」

「不過，你願意為我去做吧？」

法蘭契絲卡對男性姿態的自己投以小惡魔般的微笑，而少年普列拉提也回以相同的笑容並點頭允諾。

接著，就好像宣告契約成立似的，法蘭契絲卡用傘尖往地板咚咚地敲出聲音。

在喀啦喀啦的機械聲響起的同時，少年普列拉提倚靠著的牆壁往身後縮了進去。
然後那面牆壁更進一步地像電車的門般滑動起來，解除了工坊內外的隔絕。

伴隨著剔透的藍色，屋子裡洋溢著光，滿滿的光。
映入法蘭契絲卡視野裡的，是太陽白色光輝與濃烈天藍色的協調景致。
也就說，這裡是比從地上望去時的色彩更為濃郁的，無限遼闊的天空。

另一方面，倚靠著牆壁的少年普列拉提就這麼向外墜落，看在他眼裡的景色與法蘭契絲卡所看到的並不一樣。
眼下是一片無邊無際的赤紅色大地，城市看起來就像撒落在荒野上的鹽山般。
如果此刻是夜晚，應該可以看到城市的燈火呈現得像是分布不均的星空才對。
普列拉提一邊為不能看到那副景色而感到有些遺憾，一邊毫不猶豫地敞開雙臂，像是在跳舞似的旋轉身體，同時開始自由落體。

這裡是位於上空二十公里處，平流層的底層。
而法蘭契絲卡的「工坊」就存在於此處。

這是一艘美軍正在實驗中，航行於超過七千公尺高度的無人飛行船。法蘭契絲卡為這艘船賦予了好幾道不可視、避風等魔術結界，並且施加了魔術性、科學性，以及基於興趣的各種改造，不斷地改造後，成了一艘全長兩百公尺的巨大飛行船。

雖說如此，這艘飛行船並非科幻小說裡會出現的那種加上了武裝配備，能朝地上發動攻擊的移動要塞。只是單純地將兩百公尺長的部分作為氣球，吊著法蘭契絲卡占地不大的小工坊而已。

處於能俯瞰眼下一切場所的同時，也是以肉眼幾乎無法判斷地面狀況的極限高度。

不過，若是像工廠街的異變那種程度，就算從這個位置，也能以普列拉提強化過的視力確認狀況。

那是有具正在作亂的巨大機器蜘蛛，以及正在獨自對付它，變質成復仇者的弓兵的光景。

周圍的工廠遭到破壞，肉類食品工廠幾乎不留形跡，能看見異界化的殘渣與結界的雜音，甚至是多到滿出工坊外的魔獸群。這片混沌至極的景色正開始擴散開來。

看到這副光景的普列拉提，只是開心地笑了出來。

「啊哈哈哈哈！好啊！太棒了！實在棒極啦，法蘭契絲卡（我）！」

就在他不斷笑著的期間，身體也確實地逼近地面。

少年一邊回味著清楚可辨的工廠地區的混亂，一邊將思考切換到下個階段。

——雖然很想看著這副光景就這麼蔓延到城市裡啦……

──可是不行呢。還不行，我得忍耐啊。

普列拉堤止不住溢出的笑意，即使如此他還是讓自己的頭腦冷靜下來。

不過這也只是為了品嚐到更長久，規模更大的快樂所做出的忍耐而已。

──就算只是裝個樣子，也得好好控制住才行。

──不然主人認識的那個叫法迪烏斯的人，會乾脆地終結掉整座城市。

決定好目的後，以自由落體的速度墜落，心情高昂的少年普列拉堤，以頭下腳上的姿勢落下的同時，敞開雙臂。

接著，他在周圍無限遼闊的天空中大聲地唱道、詠道、謳道──

那是讚賞自己擁有的寶具，表現出展開時的喜悅之詩。

「由我來奉獻吧！向這個壞滅的世界，獻上祝福、感謝與犧牲！」

「向將我生為瘋狂之化身的母親（阿弍），獻上感謝！」

「向教我人之瘋狂（魔術）的世界聖靈，獻上祝福！」

「向我展現不同瘋狂的聖女與騎士啊，你們雙方都沒有錯！」

「奉獻吧！向這個壞滅世界赦免的所有人類，獻上我這個祭品！」

就在少年普列拉提喊出自私任性的祝詞的同時——他周圍的空間開始扭曲。

就在他急速接近地面的時候——

他對著迫近而來的地面，大聲地喊出屬於自己的寶具——大魔術的名稱。

「——螺湮城並不存在（Grand），故世間狂氣乃永無止盡（Illusion）！」

×　×

地上　工廠地區

「找到了！是那個女的！」

發現哈露莉的行蹤，史夸提奧家族的黑衣魔術師們以恐怖的表情逼近哈露莉。

狂戰士正以「破壞魔術工坊」為優先，菲莉雅也跟了過去，所以目前只能靠自己保護自己。雖然肉類食品工廠已經不復原樣，但是看來周邊的工廠似乎也是類似魔術工坊之類的設施，狂戰士只要一判斷那些是「敵人」，就會將其徹底破壞。

當哈露莉看到狂戰士嘴裡吐出業火，將工廠用地化為一片火海的時候，她就決定放棄思考關於狂戰士的行動一事了。

——總之，現在得逃出這個處境才行……

「各位！拜託了！」

哈露莉大叫，不曉得是躲在她衣服中的哪裡，有幾隻蜜蜂現出蹤影。

「……去擋住那些人！」

哈露莉向停在肩頭上的無數蜜蜂拜託後，蜂群便整齊劃一地同時飛起，飛近後方的男人們。

「什麼！是蜜蜂！」

「還在掙扎……看我殺了……嗚！」

在把正面飛去的數隻蜜蜂作為誘餌的期間，剩下的蜜蜂已經以高速飛行的方式繞到男人們的身後。

被蜂群螫到後頸的那些男人，雖然慌張地想用魔術攻擊，但是在下個瞬間就雙眼翻白地接連倒臥在地。

哈露莉在心裡感謝著分泌了具有強力睡眠效果的毒液的使魔(蜂)們，繼續朝工廠地區外面奔跑。

——還差一點……到達這個地區的外面後，就不會再受到魔術工坊的影響才對……！

回頭一望，那些因為工廠遭到破壞而失去控制的魔獸，正在與史夸堤奧家族的黑衣人發生小衝突，狂戰士則是將兩根從工廠延伸出來的煙囪擊倒。然後，哈莉露又看到沿著逐漸傾倒的煙囪往上奔跑，在跳到高處後射出雷射光般箭矢的疑似弓兵的身影。

因為背部直接受到那些箭矢的攻擊，狂戰士發出的嘎吱般悲鳴響徹了這一帶。

箭矢如連擊般不停落下，然而這次狂戰士也將纏繞在身上的纜線與金屬線如觸手般揮舞著應戰。

儘管可以看到菲莉雅在兩人動作的空隙間進行反擊，但弓兵只是揮動著弓就消滅了攻擊，感覺正在進行一進一退的攻防戰。

那根本不是自己能奉陪的戰鬥。

哈露莉這麼想著，同時在心中為狂戰士聲援。

——雖然我的魔力微不足道，但是你就算全都吸乾也沒有關係。

——所以，破壞吧，毀滅一切吧！

——將那些魔術師創造出來的東西全都消滅！所有、一切、全部！

狂戰士從破壞掉的地面拔起電纜線，開始將作為魔力輔助的能源吸入自己的體內。

接著不可思議地，其身體一邊吸收著周圍的瓦礫，一邊慢慢地變化成更巨大的姿態。
——你的真面目是什麼，事到如今都無所謂了！
——求求你，徹底將這個魔術世界化為粉塵吧……
想到這裡時，一顆子彈擦過哈露莉的肩頭，挖掉了表面的一塊肉。
「……——～！」
哈莉露當場倒地，嘶喊著痛不成聲的悲鳴。
一直包覆著她身體的防禦結界在瞬間遭到破壞，一顆子彈命中她毫無防備的肩膀。
雖然子彈的力道還是有被結界削弱，然而即使如此，那道衝擊還是足以刮掉肩膀上的一塊肉，讓她倒在地上。
接著，向她擊出凶彈的男人——巴茲迪洛・柯狄里翁表情絲毫未變地詢問哈露莉：
「哈露莉・波爾札克，妳到底喚出了什麼？」
「……你覺得……我會輕易地說出使役者的情報嗎？」
「要在這裡殺掉妳是輕而易舉之事。不過，如此一來就會無法預測那個怪物脫離控制後的行動。要是妳說出情報，或是以令咒命其自盡，我就讓妳不受太多痛苦的結束吧。」
「這種時候……連『饒妳一命』都不是啊……」
聽到一邊壓住肩傷，緩緩站起來的哈露莉的話，巴茲迪洛微微偏著頭不解地反問：

「妳看起來並不像是會相信那種戲言的愚蠢魔術師啊？」

魔術師。

自己這種半吊子居然被如此看待。哈露莉一邊為此感到心境複雜，一邊靜靜地做出覺悟。

──假裝要讓狂戰士自盡，接著全力命令他吧。

──請他徹底將這座城市裡的魔術工坊消滅殆盡吧。

──然後，命令他只要自己的動力還能持續運作，就在拉斯維加斯與洛杉磯恣意橫行吧。

──剩下的，就交給土地守護一族去決定吧。

──雖然可能會讓他們的神祕也因此消失，但我也只能道歉了。

「我知道了。我就使用令咒，命狂戰士……」

就在哈露莉一邊慢慢舉起雙手，一邊如此說道時──

她非常突然地「墜向」無底的深淵。

天上的亮光也突然朝上漸漸遠去。唯有在數公尺前方舉著槍的巴茲迪洛仍舊如故。

也就是說，眼前的巴茲迪洛也一樣在墜下。

時間回溯數秒前。

最先察覺到異變的人，是菲莉雅。

「……這股魔力的氣息……是與邁錫尼的那群食客有淵源的人嗎？」

如此嘀咕的瞬間，她以雙眼確認了那起異變。

腳下的立足處忽然消失，就這樣開始向下墜落。

「咦咦！」

菲莉雅慌張地想飛起來，卻發現充滿自己身邊的魔力正在逐漸消失。

「這……並不是衝著我來，而是騙過了世界的本質呢！這是在做什麼啊！」

一看之下，才發現消失的並不只有自己周圍的地面。

而是以肉類食品工廠為中心，包含了工廠區大半部分的正圓形土地都消失無蹤，只有深不見底的黑暗如嘴般大張著。

再加上周邊的魔力也徹底消失了，因此無論是史夸堤奧家族的底層魔術師、菲莉雅或者阿爾喀德斯，甚至就連以巨體為豪的狂戰士也一樣，所有人此刻都平等地墜落中。

就在每個人都任憑自己自由落體的時候，菲莉雅狠狠瞪著造成此現象的元凶。

以猛烈高速往地面墜落的那名少年，對狠瞪著自己的人工生命體回以天真無邪的笑容。

不曉得是怎樣的構造，但似乎只有少年得以使用魔力。他一邊減緩速度，一邊配合才剛開始下墜的菲莉雅、哈露莉、巴茲迪洛與阿爾喀德斯等人的速度，與眾人並肩，一起被無底洞吞噬。

「嗨嗨——好多初次見面的人呢。那邊的弓兵我在雪山見過了，算是一天不見了吧？」

發出輕快聲音的是頭朝下方墜落，外表中性的少年。

他一邊敞開雙臂，一邊向一同下墜的所有存在說道：

「據說東洋的阿鼻地獄會持續墜落兩千年，但若是以墜落兩千年後就會抵達底層的這層意義來說，算是親切了吧？不過要是知道在那之後還得受上數百京年的責罰，或許一直墜落還比較好。你們中意哪一個呢？」

配合著少年的台詞，洞穴的周圍——到目前為止原本都還是漆黑土牆的地方，開始浮現各種發光的事物，又緩緩消失。

有時是惡鬼的酒宴，有時是凋零遊樂園中的遊行，有時是因饑餓而逐漸死去的孩子們，有時是無限遼闊的星空，有時是連形容其身形都令人恐懼的怪物，有時是只能稱之為黃金鄉的美麗都市，有時是奔馳於荒野上的聖女英姿，又或者是延續至大地盡頭的眾多騎士屍骨。

無論哪個都令人覺得有如現實，史夸堤奧家族的底層魔術師們在這個時點自我都已瀕臨崩潰，半數以上的人都已經完全捨棄了意識。

但是，雖然魔力的使用正受到抑制，巴茲迪洛·柯狄里翁卻依然故我，面無表情地散發出煞氣。

不過這種狀態下果然還是難以控制「汙泥」吧。可以從他的衣襬下窺伺到宛如黑色刺青的東西，正在他的皮膚上劇烈地翻騰著。

「你的目的為何，術士？」

對平淡發問的巴茲迪洛，被稱為術士的少年反過來向他恭敬鞠躬，回答道：

「不管是什麼，都是為了讓聖杯戰爭順利進行啊。要是你們繼續打下去，法迪烏斯小弟說不定會胃穿孔，世界充滿悲傷，花開鳥鳴，蝴蝶在世界盡頭起舞刮颱風，結果裝了法迪烏斯小弟屍體的桶子店卻發大財喔！」

話的後半根本沒意義吧。

看到無視這段話繼續狠瞪著自己的巴茲迪洛，術士咯咯笑說「真不配合耶，討厭。」然後回答：

「放心吧，我是自己人喔，是你們的夥伴——我是人類的夥伴、神的夥伴、魔獸的夥伴，也是魔術師的夥伴。所以，我只是為了不要失去這一切……為了將樂趣延長而來的。」

接著，術士少年「啪」地手掌一拍。

他這麼做之後，連洞穴的外牆都消失無蹤，並出現了幾千、幾萬、幾十萬名不斷往深處墜落的人群身影。

「史諾菲爾德有八十萬人，你們姑且不論，但是我還不想殺死他們啊。」

這時，少年的身影突然消失——

接著又以全長彷彿有數公里般的巨大身影再度降臨於眾人眼前，一邊和眾人一起往無底深淵下墜，一邊說出自己的願望：

「所以，我在這裡……和你們做個交易吧。」

「從前，被那些講話不好聽的民眾稱之為『惡魔』的……就是我喔☆」

×　　×

柯茲曼特殊矯正中心

「……真的動手了呢，法蘭契絲卡小姐……」

看了顯示出來的影像後，法迪烏斯罕見地皺著眉頭說。

在剛接到法蘭契絲卡表示「放心啦，沒事，我會立刻設法處理喔」的聯絡後不久，就發生了這場異變。

法迪烏斯確認了狀況的瞬間，以今天是「厄日」這種非他自身專長，屬於陰陽道範疇的單字來表達自己的狀況。

呈現在螢幕中的光景，是一個突然張開，使工廠地區消失的漆黑大洞。

那已經不是能用地盤下陷之類的藉口搪塞的領域，就算實行「緊急處置」將史諾菲爾德這座城市完全消除，這個洞穴也肯定會留下，代替城市展示在全美人民眼前吧。

更糟的是，再過幾分鐘，這座城市的遙遠上空會有觀測衛星經過。

是將情報即時提供給一般研究者的民間衛星。

這個如此明顯的巨大洞穴將映在衛星影像裡的日子，哪還談得上隱蔽神祕。

在法迪烏斯思索著到底該如何負責，打算以電話聯絡法蘭契絲卡的下個瞬間——螢幕中的景象又更進一步開始產生異變。

才剛以為巨大洞穴被填平了，接著就彷彿時間倒轉一般，倒塌的煙囪與崩坍的工廠外牆開始再生，就連空地上燒焦的雜草都取回了綠油油的生命。

「……這是……？」

就在法迪烏斯一臉困惑時，接到了法蘭契絲卡的通訊

『哈囉？嚇到了嗎？我想你那張板著的臉孔應該軟化了吧，怎麼樣？』

「……沒什麼怎樣不怎樣的。妳到底做了什麼？」

法蘭契絲卡笑著回答詢問自己的法迪烏斯：

『只是幻術而已呀。因為用的是成為英靈的我的寶具，所以就算是比起把荒野變成雪山更厲害數倍的事，也都做得到喔！啊——對了對了，本來在那邊打架的人不知道為什麼，好像都和解了喔！真神奇呢。這果然是愛的力量吧？愛果然很厲害呢！』

法迪烏斯將大半的話都當作耳邊風聽過，正確地分析到那些人可能做了某種交易。

不過，就在他打算提起這件事時，法蘭契絲卡搶先叮囑道：

『最後的最後提醒你吧，你和我在這場聖杯戰爭中也互為敵人喔！不可以忘記這件事喔！』

接著她像順便提起般，對恢復原貌的工廠區一事說出了難以置信的話。

『雖然看起來像是復原了，不過那也是幻術喔！雖然還是能碰能居住，也能像過去一樣當作工廠或工坊來使用，但也只是能做到這些事的幻術喔！並不是什麼時間倒轉，別太天真嘍！差不多五天左右，世界就會注意到自己上當了，到時那邊就會恢復成原本崩毀的樣子，所以這段期間要麻煩你做好隱蔽工作喔～！』

法蘭契絲卡在最後留下了無法想像的包袱，切斷通訊。

法迪烏斯抬頭，一邊怒瞪著理應被天花板遮住而看不到的飛行船，一邊嘀咕道：

「……萬一再有下次，那時我會在事情發生前就先排除掉妳的……法蘭契絲卡小姐。」

「我們接獲奇怪的報告。」

總之得開始進行隱蔽工作，法迪烏斯正在思考是否該把這次的事偽裝成和沙漠的爆炸事故一樣，是同一間瓦斯公司的疏忽而引發的連鎖意外。

在他思考時，愛德菈過來報告的內容，是不值一提的事。

「我們接獲二十八人的怪物成員已前往現場的報告。應該是用了驅人結界之類的來誘導民眾避難了吧。」

報告的內容指出「居住在工廠地區周邊的大量市民，正開始一起往中央地區與住宅區避難」，以法迪烏斯的角度來看，反而覺得若是聽到那陣爆炸聲和崩毀聲，民眾會自主避難也是理所當然的反應。

正因為如此，他才沒能即時察覺到其中的異常。

那就是以工廠地區的騷動得到平息作為交換，更棘手的東西因此覺醒了一事。

×

×

夢境中

「工廠的那些人，都沒事吧？」

「嗯，一定沒事的……喏，妳看！大家都往這裡過來了！他們來街上避難了！」

從少年指著的方向，可以看見大量的市民正蜂擁而來，椿鬆了一口氣。

剛才工廠的方向出現像是打雷般的聲音後，和椿成為朋友的捷斯塔就說：「工廠那邊燒起來了。」

——「啊——發生火災了，就表示那裡一定有人在呢。他們沒事吧？那些人有沒有確實地避難去呢？」

看到捷斯塔擔憂的樣子，椿也不安起來，對「黑漆漆先生」說道：

——「希望工廠附近的人都能平安逃掉呢。」

這時，她沒發現自稱捷斯塔的少年，正在身後露出邪惡的笑容。

就這樣，住在工廠地區周邊的十二萬居民，都感染了不為人知的「疾病」。

就在唯有披著少年皮囊的吸血種，正確明白其意義的狀況下——

城市開始緩慢地、確實地倒向悲劇。

也沒人知道在僅僅半天後，有群人將會為了阻止這一切而現身。

幕間

「三流喜劇的幕後」

時間回溯到西格瑪遇到劍兵等人之時。

當西格瑪說出「我也是參與聖杯戰爭的主人」時，自稱綾香的東方女性雖然對他略有警戒，但是劍兵並沒有特別在意，還以明快的聲音問他：

「再怎麼說你也不會連英靈都介紹給我們吧？」

「……畢竟是我的王牌，不可能暴露。」

在搖頭的西格瑪身旁，一直觀察著他的女刺客開口：

「他之前有喊過卓別林這個名字。」

「……」

無視陷入沉默的西格瑪，綾香詫異地瞪大雙眼。

「啊，這連我都聽過……」

「昨天在展演廳看的電影中，就有那名演員演出的電影喔！」

劍兵的眼神又明顯地開始閃閃發光。

「……」

雖然西格瑪的感情起伏不明顯，不會冒出冷汗，但這下也覺得事情變麻煩了。
要是他把自己與名為「看守」的使役者締結契約——或該說是「被依附」才對——的境遇說出來的話，會有什麼結果？
要是對方相信，巧妙應對的話或許就能活下來。
鑒於剛才逃離刺客時「影子」所提出的建言，自己擁有的「引出情報」的能力確實可謂非常強。
若把自己視為補給物資，那對任何人來說，都會認為與其殺掉自己，不如好好利用會更有利吧？
雖然這種疑問從腦中一掠而過，但還不足以使西格瑪改變想法。
自己已經決定不再當士兵A，而要以西格瑪的身分挑戰這場戰爭了。
雖然這個目的並非想改變人生那種程度的決心，而是順著「影子」們的遊說所導致，目前還不穩定，但至少於情於理，自己都沒必要按照僱主法蘭契絲卡所說的「你一直當個士兵A就好了！」。
只以「不想死」這個理由作為生存方式如何？西格瑪這麼想著，至少自己也不想隨便與眼前這些英靈敵對而縮短壽命。總之先一邊隱瞞自己的英靈的能力，一邊與他們進行友善的對話吧。
「反正名字都曝光了，可以介紹一下嗎？我想對舞台演員表示敬意。」

「……他說過演員是讓觀眾在電影中欣賞的存在，所以不該以真面目示人。」

雖然隨便編了個理由回應劍兵的詢問，但是這種說法實在無法成為理由吧。

無視如此思索的西格瑪，劍兵用力地點頭。

「原來如此，我能明白。」

「你能明白喔……」

綾香斜眼看了一下劍兵，不過沒有再特別深究下去。

總之在締結了簡單的非戰協議後，西格瑪獨自回到房間，嘆了一口安心的氣。

要極力對彼此的立場保密，己方不會觸及綾香的內情，所以對方也不會過問自己的立場與隸屬陣營。

這麼提議後，意外地得到劍兵的慨然允諾。

莫非那名劍兵，一直都是以自己的直覺與感情為優先行事，基本上沒有思考過任何事嗎？

突然一想後，反而覺得這樣更令人恐懼。

這表示，對方身上祕藏著即使行事以感情為優先，仍能作為一名英雄，將其存在刻劃於世界上的力量。

接著，不知何時站在身邊的，一名騎士模樣的「影子」開口：

「你的直覺很敏銳。對方正是那種類型的王——以自己當下的感情為優先行事的激情家。真名是理查，也就是獅心王……不過說了你也不認識吧。說來，你起碼該聽過亞瑟王或追尋聖杯的故事吧？」

「那些我還是知道的。是蒙提・派森的喜劇電影吧。」

「……」

騎士不知為何在一陣沉默後消失，代替他出現的船長接著說下去：

「總之啊，那個叫理查的小鬼總是流於感情，把戰場當作自家庭園般地昂首闊步，正可說是披著人皮的獅子般男人，即使如此還是得到了人民的愛戴啊。說不定他私底下其實會好幾種操縱人心的謀權之術，你可要多加留意。」

影子想講的，就是「別掉以輕心」吧。

確實，那麼易於信人的表現也有可能是在虛張聲勢。

西格瑪一邊心想得注意不要被暗算，一邊也思考著這個非戰協議究竟能維持到什麼時候。

——能撐過今晚固然是很好，但是之後該怎麼周旋呢？

首要的目的當然是「活下去」。

這個念頭在與刺客對峙過後，變得更強烈了。

與往常的任務相比，更強烈的死亡陰影正在接近自己。

明明身處在美國的都市，卻有種自己彷彿在幼時度過的「那個國家」般，開始有種懷念感的西格瑪突然想到──

若是一般人，應該會更驚惶失措才對吧？

自己在任務當地遇到的人，至少在類似的境遇中時，都會更拚命地求生。

──拿腦袋被動過手腳的自己來相比，這件事本身就不對勁吧。

輕輕嘆氣後，他體認到自己首要的生存目的──果然還是安穩的睡眠，與穩定的食物來源就足夠了。

在這個國家的話，這是一般家庭默默地什麼也不做都能達成的事，但是西格瑪明白在並非如此的國家──比方說自己熟知的故鄉，安眠與吃飯是確實有價值的事情。

──在這個意義上，最安定的狀況果然還是與有國家當後盾的法迪烏斯聯手吧……但是西格瑪有種預感──恐怕在這場聖杯戰爭裡，僅僅倚賴那種東西是活不下去的。

後來，在西格瑪不停盤算到天亮的時候，法迪烏斯本人來了通訊。

『……「欠缺」，這裡是「家畜」。那邊有動靜嗎？』

「……一名疑似刺客的女性出現在宅邸裡，我受到對方襲擊。」

『……？喔，襲擊警察局的人啊……虧你能活下來，還是說你喚出的英靈很優秀呢……？那名女刺客怎麼樣了？』

法迪烏斯話中帶了點驚訝。大概是對西格瑪身為魔術師的評價不高，認為他在聖杯戰爭裡活不過初戰吧。

「在那之後，劍兵與其主人來訪，因為他們提議停戰，所以我接受了。」

『……什麼？』

報告完之後，法迪烏斯重複了數次沉默與盤算，最後對西格瑪下了最低限度的指令。

要他一邊刺探情報，一邊向對方提出為了與英雄王及與他並列的槍兵為對手，共組戰線的提議。不過西格瑪認為要達成應該很難。

因為在他接到指示的瞬間，有機械翅膀的「影子」開口說：

——「啊，已經和那個與英雄王並列的槍兵……恩奇都結盟嘍。我說劍兵他們。」

就是這樣。

就在西格瑪考慮著是否該向法迪烏斯報告時，對方先開口問道：

『話說回來，明白你的英靈的真面目了嗎？』

「是的，我的英靈是……」

至少要對法迪烏斯正確報告才行。

正當西格瑪這麼想，在他身後的船長壞心眼地笑道：

「小心點，刺客可是在你身後監視著你喔！」

「……」

西格瑪向梳妝台一瞥，映在鏡面上的房間一角，似乎比以往還要黑暗。

接著他又想到，「影子」雖然未必會說出重要的事情，但是未曾說過謊。

認為應該盡可能地排除會導致敵對的要素，西格瑪一邊裝作沒注意到刺客的樣子，一邊淡然回應：

「……是卓別林。我喚出的英靈是槍兵查理．卓別林。」

『……不好意思，你可以再說一次嗎？』

『是槍兵的英靈，查理．卓別林。至於用的寶具那些情報我會再向他打聽，因為我判斷用令咒強制問出來並非上策。那麼我先切斷通訊了。』

切斷耳機型的魔術通訊器後，在他嘆息時背後傳來聲音：

「……剛才的是你信任的同盟者嗎？」

「……原來妳在啊，刺客小姐？」

「我並沒有完全信任你，回答我的問題。」

對著從兜帽的陰影下用銳利的眼神瞪著自己的刺客，西格瑪回答道：

「我不相信任何人——無論是僱主，還是我自己，包括神明與惡魔，與我自己使用的魔術都不相信。」

「……」

接著女刺客彷彿有些困惑地說：

「你沒有可以獻上祈禱的神嗎？」

「？不，我……還不懂所謂神明的恩惠是什麼東西。」

被刺客重新問起這個問題，西格瑪對於自己為什麼不相信神，一邊思考該如何才能解釋得簡單好懂，一邊述說下去：

「……我的出生沒有好到能說有得到神明的恩惠，而且信奉神對我的生活來說也沒有意義。我一生下來，就看到那些剛出生的同鄉還來不及睜眼就死去。我們甚至連『出生』都沒經歷過，是那些直接把我們從母親的肚子裡拖出來，想把我們用在魔術實驗上的人養育我們的。為了使我們成為能殺人的魔術兵器。」

雖然是聽了會令人感到沉重的過去，但西格瑪用非常平淡的口吻，以列舉事實的方式繼續傳達給刺客。

「養大我們的人……一直說指揮著國家的人們就是神。可是那國家卻遭到毀滅，經由一群自稱魔術師的人之手。所以說起來，我根本不懂所謂的神究竟是什麼。我認為，不明究理地去相信自己不理解的事物，對方也會覺得很困擾吧。」

——我到底在說什麼啊？

——這樣無法傳達出我的意思。雖然一不小心就老實回答了，但是要怎麼做才能讓他人相信一個不相信自己的人呢？

西格瑪覺得自己顯然從一開始就選錯了答案，深深地感到後悔。

然而——

「……是嗎？抱歉，讓你想起了痛苦的事。」

如此答道的女刺客，聲音裡似乎帶有慈愛。直到剛才還殘留著的敵意，已經消失得一乾二淨了。

「這種狀況很常見，妳無須介意。我和那些現在仍然身處於戰場的同鄉傭兵相比，一定算是得到恩惠的人吧。只是，我還無法順利地體會那種感覺而已。」

雖然受僱於法蘭契絲卡時，一年中有大半的生活時間都花費在與魔獸及不成氣候的魔術師交戰，即使如此，像這樣來到都市，透過電視之類的媒介看到戰地的光景後，西格瑪也曾想過——原本的自己，應該會年紀輕輕地就橫死在那種地方吧。

不過自己現在的境遇，也實在難以認為是「神明的恩惠」。

對有如此想法的西格瑪，女刺客輕輕地搖頭表示：

「世界上的確隨處都有經歷過悲傷與痛苦的人，而且不管悲傷痛苦，在人世間都與喜悅快樂是平等的——即使如此，那也不應該被視為普通事情而一笑帶過。」

女刺客瞇起眼，望著西格瑪說道：

「你和我至今對峙過的魔術師不一樣呢。你真的不信任任何事物……你的眼神中透露出這種訊息。但那並非否定萬象事物，只是尚未知曉值得自己信任的事物為何吧。」

彷彿被看透了內心，西格瑪原本打算別過臉去，卻宛若受到刺客的深邃眼神所吸引，無法移動視線。

「現在的我尚不成熟，此身更是受魔物的魔力所汙。原本我應該向你闡述何謂信仰的，但我也失去那種資格了。」

說出像是自責般的話語後，刺客又送給西格瑪一句話：

「不過，期望將來你所遇到的值得信任的事物，至少是良善之事。」

不是祈禱，而是「期望」。刺客語畢後隨即離開。

「……」

西格瑪就這樣愣了好一會兒，接著從背後傳來聲音：

「怎麼啦？該不會是所謂的一見鐘情吧？喂。」

聽到體型魁梧的「影子」這麼說，西格瑪靜靜地搖頭。

「不……只是除了法蘭契絲卡的『強求』外，我還是第一次被誰認真地期望什麼事情。」

西格瑪稍作思考後，又問道影子：

「喂，安眠與吃飯算是良善之事嗎？」

「不，基本上『安眠』不是該拿來信仰的東西吧？」

×　　×

在那之後經過數個小時，坐在椅子上閉目養神的西格瑪在船長的呼喚下醒來。

「喂，小鬼，醒著嗎？」

為防備萬一而將自己調整為淺眠狀態的西格瑪，當下對聲音做出反應。

「怎麼了？」

「雖然除非有危險，不然你問了我也不會回答啦——小鬼，你的同伴……叫『荊棘』的小隊在四周散開嘍。」

「！」

所謂的荊棘，是由法迪烏斯所賦予的其中一支實動部隊的代號。就像法迪烏斯本人是「家畜」，分配給西格瑪的則是「欠缺」，可是其中的「荊棘」是配置了重武裝的對魔術師強襲小隊。

西格瑪也曾經透過使魔之眼，觀測過一名叫做朗格爾的人偶師，身體被槍彈打得粉身碎骨的模樣。

「咯咯！看來你不受對方信賴呀，小鬼。那個叫法迪烏斯的傢伙對那些人下達要監視你的命令嘍！看守並非連內心都能讀取，所以我也不知道法迪烏斯到底想怎麼料理小鬼你呢。」

說實話，憑西格瑪的本事要以整支小隊為對手是不可能的。

要是他們是受命來「除掉」自己，在使役者無法成為實際戰力的情況下，根本無法與他們交手。

就算能藉由看守的能力掌握到隊伍整體成員的行動，若是應付鎮上的小混混那還好說，但是對手是擺好陣型的對魔術師部隊，自己並沒有足以突圍的火力。

——原來如此，既然我不相信對方，對方不信任我也是理所當然。

——……雖然我不這麼想，但也有可能是卓別林的謊言露出馬腳了。

讀到當真以為瞞過對方了的西格瑪的內心，「影子」似乎打算說些什麼，不過西格瑪在他們行動前先邁出了步伐。

為了得到火力，西格瑪打算在賣人情給他們的同時得到回報。

他假裝在進行通訊，並且先對在途中遇到的刺客這麼說：

「……剛才，我原本的僱主聯絡我。說這棟宅邸四周似乎被國家特殊部隊給包圍了。」

西格瑪一邊將原本的僱主——法蘭契絲卡拿來當作藉口，一邊不斷思考著。

不再像至今為止一般，按照誰的命令來行事——

而是純粹為了讓自己活下去，要以自身的意志走上何種道路的念頭。

至少，希望自己與「看守」擁有的力量，足以照亮那條道路的一步之距。

第十二章

「第二日　日中
天才非一代即能促成，
一切魔術皆可形成天災」

厄斯克德司家即使在地中海附近的魔術師中，也是格外古老的家系。

有種說法是，他們在鐘塔成立前——就以那名魔法師基修亞・澤爾雷奇・修拜因奧古為首，與活躍於西元前後數世紀的魔術師們一起活動，但是鐘塔裡沒有人聽信這種說法。因為連那些厄斯克德司家的繼承人都不相信這些事。

畢竟，他們明明是歷史如此悠久的魔術師，卻沒有任何像樣的實績，魔術刻印也只是古老而已，殖入刻印的術式有大半都「連繼承的人都無法理解這些到底是什麼魔術」，艱澀到連子孫都抱著疑惑，認為那些只是看起來像是術式，其實是虛張聲勢的玩意兒而已。

即使如此，魔術刻印的機能裡仍然殘留了高度的生命維持機能，才勉強保住了身為古老家系的威嚴。

雖然厄斯克德司家代代藉著創造瑣碎不重要的魔術專利來維持血脈並獲得延續，但是在鐘塔也不斷遭到「哦——是那個只有歷史可取的厄斯克德司家啊」之類的揶揄。

要是至少能讓魔術迴路有所發展——這是數百年來的當家代代都有的煩惱。

不可思議的是，祖先代代擁有的魔術迴路數量都不多，即使引入了血脈良好的魔術師之血，或者將之延續了好幾代下來，魔術迴路也僅有一點點的發展而已。

不過他們認為，即使如此也好過衰退。

魔術迴路和魔術刻印都並非停止成長。

在某種意義上來說，雖然是如此古老的家系，但是魔術刻印卻連一點壽命將至的兆頭都沒有出現，這點很有威脅性。而這在鐘塔裡也不時成為研究對象而令人議論紛紛。

比刻印迎接了極限，迴路也逐漸荒廢，魔術師的身分被緩緩流向消滅的洪流給吞噬掉的馬奇里家系好多了——厄斯克德司家的人這麼想，而且為了不讓自己淪落到那種地步，拚命地奠定身為魔術師的基盤。

即使遭到周遭的魔術師嘲笑是沒用的掙扎也一樣。

就這樣持續了數百年時——厄斯克德司家生下了一個「異變」。

魔術迴路的數量與前代完全是「不同次元」的等級。體內的魔力循環彷彿微血管般，遍布身體每個角落。

對魔術的控制有著天才般的技術，將過去的魔術組合開發成獨創魔術的獨創性，以及在一族之中無與倫比的魔術迴路。

可謂是理想的後繼者在此誕生了。

然而，儘管這名後代擁有理應是他們所期望的能力，卻成了顛覆一直以來雖然無力，卻也穩定維持至今的厄斯克德司家之結果。

就在他的才能萌芽的同時，那個事實也揭曉了——他完全缺乏身為一名「魔術師」可說是最重要的「思想準備」。

少年自幼就看得見「那個」。

正因為如此，少年把「那個」視為理所當然的存在，一直以為其他人也都能看見。

但是沒過多久，他就注意到自己搞錯了。

當他聽說自己乃是魔術師這種特殊的家系一員時，他還未滿十歲。

知道這件事後，他覺得或許因為自己是魔術師，所以才看得見「那個」，但是從和雙親及有交流的魔術師交談的過程裡，他明白自己又搞錯了。

看來雙親眼裡的世界，與自己所看到的並不相同。

憑感覺領悟到這件事的少年，感受到恐懼。

他就這麼一直處在無法具體地將那股恐懼的本質傳達給他人的情況下。

雙親剛開始察覺到兒子的異常性時，還以為自己的孩子是被某種妄想附身了——經過重重驗證後，才判斷少年所說的似乎都是真的。

厄斯克德司家的兒子肯定擁有強力的魔眼——雖然曾一時這麼騷動過，但是少年的雙眼都是普通的眼球，雖然如此，他能明確看見「那個」的事情，還是讓周圍的魔術師都為此不解。

對最重要的少年本身而言，這已經是極其自然的狀況了，但是周圍卻用彷彿在說「你明明是人類為什麼用鰓呼吸？無法解釋啊」的眼神看著自己。漸漸地，少年自己也變得討厭起那個「看得見的東西」了。

要說為什麼，就是那個「看得見的東西」，害自己好幾次差點被雙親殺掉。

可是也拜那個「看得見的東西」所賜，自己才能活下來，所以也無法完全否定掉。

明明喜歡魔術，也喜歡人類，要是討厭了與這兩者有密切關係的「那個」該怎麼辦呢？

儘管年幼卻對此感到不安的少年，在前往某場船宴（Casa）的路上，遇見了某名魔術師，或是感覺像是魔術師的女性。

女性與被託付了帶領自己前往港口的少年閒聊的過程中，似乎察覺到對方的煩惱。

女性以輕鬆的語氣表示「要是對魔術有煩惱，首先該做的事就是學習喔。既然不能仰賴家人，那去鐘塔學習應該不錯吧」之後，就搭上了豪華客船。

把那名女性魔術師的話記在心中的少年，認為「到鐘塔學習的話，或許就能明白自己的事」，便向剛進行第五次殺害計畫並失敗的雙親商量此事。

於是一名未滿十歲的少年提出了想離開家，到鐘塔學習魔術的想法。

以結果來說，雙親是以彷彿趕走討厭鬼般的形式趕走了少年。

表面上的名義是將終於誕生的神童，帶著宣揚於世的用意送到鐘塔。

實際上，見到這名擁有異常數量的魔術迴路，並且能將超乎年齡水準的魔術運用自如的少年後，許多教授都興奮地表示，能名留鐘塔歷史的秀才說不定出現了。

然而，事情的發展並沒有那麼單純。

這名少年雖然擁有前所未見的魔術迴路，以及能駕馭其的才能而備受期待，但是他身為魔術師獨樹一格的特性——「雖然魔術迴路與魔術的品味一流，但是完全缺乏身為魔術師該有的思想準備」，這個部分無論如何都無法矯正過來，因此講師都漸漸地開始疏遠他。

明明是一流的原石卻無法琢磨，但是看到這顆原石卻以原石的型態就綻放出比琢磨過的寶石更眩目的光輝，讓許多想將他收編進自己的利權中的講師的自尊心都為此受傷，最終仍將少年趕走。

少年在講師間被踢來踢去的期間，名叫羅克·貝爾芬邦的老教授曾經百折不撓地嘗試矯正這名少年，可是最後卻對「與少年的性格不同的別的部分」感到不解，於是在某天提出了提議。

老教授表示，鐘塔裡有名新進且剛成立個人教室，性質奇特的男人。

雖然這個男人站在身為鐘塔閣下之一的立場，但是感性與尋常的魔術師有些許不同，若是交給那個男人，或許少年就能學到他想學習的事。

就這樣，少年決定去見那名新進的閣下。

但是少年一邊難過地心想「我一定又被趕走了」，一邊認為下一個教師一定也會做出一樣的事。

——或許我生病了吧？

——明明努力地想有個魔術師的樣子，為什麼做不到呢？

——又會再次被老師嫌棄吧？

——下一位老師，會到何時才討厭我呢？

少年一邊想著這種事，還是讓自己露出微笑。

拚命地露出笑容，再施以魔術固定自己的臉部肌肉。雖然沒有學過，但是他自幼就清楚該如何做才能露出笑容。

「為了像個魔術師」，少年不斷地構築著竭盡全力的笑容。

好幾次、好幾次、好幾次。為了反覆地面露微笑，不斷地以魔術固定肌肉。

正當少年內心挫折，心想是不是永遠都得重複做著這些事情時——

那個男人出現在少年面前。

「你就是費拉特．厄斯克德司？那個與瑪那和原力無關，在毫無知識的情況下就能操縱眾多魔術的少年。」

進入房間後，出現在費拉特面前的，是一位眉間滿是皺紋，眉頭深鎖的年輕男性。

身材高得不得了，頭髮也長得不得了。

其中特別引起費拉特注意的是——這個男人，在至今自稱講師的人之中，蘊含的魔力是最低的。

就在費拉特以不可思議的眼神觀察著眼前的男性時，男性身後有道小小的身影探出頭來。

是一個與自己差不多歲數的孩子，他正一邊發著野獸般的低吼，一邊以銳利的目光瞪著自己。

「老師！老師！這傢伙渾身散發出亂七八糟的味道喔！我可以毀掉他嗎！」

「不可以，史賓。他是正式的客人——至少目前是。」

被稱為老師的那名魔術師重新面向剛進入房間的少年，既無諂笑也無其他表情，板著一張臉開口問道：

「你那副表情是怎樣？在測試我？還是看不起我？又或者，這就是你的處世之道？是的話，我勸你立刻改掉吧。」

「咦？」

「我的意思是，小孩子就別擺出一張用魔術做的人工笑容。」

「！」

少年嚇到了。

自己完美地遮斷了魔術氣息，也確信從旁人來看，絕對不會發現自己是以魔術強作笑容。

搞不好，這個人眼中所見的事物與自己一樣？

雖然有一瞬間這麼期待著，但他馬上就知道不是這麼一回事。

「怎麼了？有事情想要問我嗎？」

「……是的。為什麼老師會知道呢？」

「任何人來看都會知道。你在露出笑容時，顴小肌、笑肌與提口角肌的動作是以無視原本機能的順序在作動。這就是正在用魔術勉強固定表情的證據。你只重視笑這個結果，而將其投射到臉上吧，可是你似乎在觀察過程一事上馬虎了。這確實是能在毫無知識下操縱魔術的過程中，會產生的不成熟想法。我承認你有才能，但是這種想法最好改掉。」

雖然是明顯與期待的答案有所不同的解釋，但是少年並未失望。

眼前這個高個子魔術師也一樣，眼中看著的是與自己不同的世界。

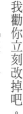

但是少年覺得，這個人的著眼處，也和自己的雙親及其他魔術師不同。

雖然在這個當下只是些許的預感，但是少年解除了施於臉上的魔術，露出許久未曾示人的真正笑容，對這名魔術師低頭敬禮。

「我叫做費拉特！今後要在老師的教室裡學習，請多指教！」

「……我拒絕——雖然很想這麼說，但是都附上了貝爾芬邦大人的推薦函了，想阻止也不行啊。」

魔術師嘆氣，一邊銳利地瞪著少年——費拉特，一邊繼續說道：

「算了，馬上就要開始上課了。你找個角落坐著，至少先習慣氣氛吧。」

接著，魔術師身旁的孩子——稱為史賓的少年，睜大了雙眼，左右交互看著魔術師與費拉特大叫：

「咦！這傢伙真的要成為我的後輩？這股好像喉嚨中梗了刺般的味道，一定會給老師造成困擾啦！在被咬前還是先咬碎他比較好！」

「哇！居然說咬碎，好像路希安（狗）喔……不過，感覺好酷！」

「你看啦，老師！這傢伙明明說著莫名其妙的話，卻完全沒有說謊的味道！是完全壞掉的味道！他很危險！還是在他毀掉教室前，先毀掉他吧！」

看到史賓像頭猛獸般不斷嘶吼，費拉特不知為何覺得很開心。

史賓與至今待過的教室中，那些會以好像在遠方看到可怕東西般的眼神看向自己的實習魔術師不同。雖然有看似野獸般的敵意，但是費拉特對如此直接衝著自己的感情覺得十分新鮮。

費拉特雀躍地眼神發亮，盯著身上帶有似狼似虎亦似獅子般，散發出野獸氣味的少年臉龐，開始嘀咕起什麼。

「要叫羅伯……還是貝特……不，還是路希安比較好吧……」

「慢著！那些該不會是要當作我的暱稱的候補選項吧？」

男魔術師一邊按住眼看就要撲過去的史賓的頭，一邊嘆氣道：

「都給我安靜，你們兩個想被我攆出教室嗎？」

接著，周圍接連著不斷走進許多年輕魔術師。

看來除了費拉特之外，還有其他新的聽課者。有的人眼神發光地嘀咕道「那個人就是閣下……！」，有的人歪頭懷疑惑地說「他就是閣下……？」觀察著魔術師。

費拉特按照吩咐在教室的角落蜷縮起身子坐下，舉止像猛獸的少年則是占領了最前列的中央位置，然後那名魔術師便對著教室裡的所有人報上自己的名號：

「我是現代魔術科的三級講師韋佛．維爾威特……這是我直到稍早前在用的名字。」

接著，男魔術師將那個往後改變了包含費拉特在內，為數眾多的魔術師之命運，將刻劃在鐘塔的歷史上的名號報了出來。

「現在叫二世。借用了艾梅洛閣下二世之名。」

×　　　×

第二日　正午　中央大街

從初次相遇後經過了十年左右的時光，費拉特的命運確實產生了變化。

經歷了從一點一點地被世界逼到封閉自己的傾向，到像這樣來到遙遠的美國大地參加聖杯戰爭般充滿驚險的改變。

雖然作為交換的是導致艾梅洛閣下二世引發了胃痛，不過那又是別的故事了。

「那我們走吧，狂戰士先生。」

「嗯，說得也是。」

現在的費拉特，正處於讓變成警察的傑克銬著手銬的狀態。

而且他們就維持著這個樣子，來到史諾菲爾德中央大街的警察局前面。

當然費拉特也不會蠢到用原本的樣子現身，他不但變了裝，還調整了體內魔力的流動，處理

成不會讓結界之類的東西感知到自己是魔術師的狀態。

將帽子戴緊壓低、戴著太陽眼鏡，穿著不合適的皮革外套的費拉特開口說道：

「哇——放手啊——放手啦——我是無辜的——！我才沒有殺死老婆呢——！一隻手是義肢的男人才是真正的犯人呀——！」

「呃，你不開口說話也沒關係。」

「是、是喔。」

費拉特是以極度平板的語氣在吶喊，但被傑克這麼一說後，便意志消沉在後頭拖著腳步跟著走。

但是在來到入口時，他停下腳步，一邊抹去表情一邊抬頭。

「……怎麼了？」

「這裡設置了好幾層結界呢。是最近曾經遭到破壞嗎？有種是在慌忙下重設的感覺。」

「是嗎……需要用到幾秒？」

「只要有五秒，我就能做到暫時連傑克先生般的存在也都能騙過去。」

費拉特乾脆地回答，並且在現場慢慢蹲下。

接著，此時湊巧從入口出現的警察詢問傑克：

「發生了什麼事嗎？」

「喔，這傢伙大白天的就酒醉鬧事啊，雖然帶回來了，但是他又說自己不太舒服，想要歇一會兒。」

「這樣啊。真是辛苦了……別讓他在那裡吐出來喔。畢竟昨天的恐怖攻擊的檢驗還沒完全結束呢。」

「喔，放心吧。」

當對話在身後反覆進行時——費拉特靜靜地道出自己的咒語：

「——介入開始（Game select）。」

費拉特一邊蹲著，一邊將手放在地上，從接觸到的結界部分注入新的術式。

他正開始對結界進行大規模的駭入行為。

從複雜張設的結界空隙間滲入自己的魔力，一邊瞞騙感知機能，讓其誤以為自己是結界的創作者，一邊進行「修復作業」。

於是，費拉特只用四秒就完成術式，成功潛入結界。

那是以費拉特期望的形式持續改造結界的內容，如自動程式般的術式。

「——觀測結束（Game over）。」

費拉特笑著如此低喃，慢慢站起身子。

「警察先生，謝謝你。託你的福我舒服多了。」

「是嗎，那走吧。」

看到費拉特清爽的表情，那名警察覺得「這個人看起來不像喝醉了啊……」而感到有些不解，

但大概是還有勤務要辦，就這麼留下兩人離開了。

於是，費拉特與傑克兩人踏進了警局。

費拉特這個人，可以說是在這次的聖杯戰爭參與者中，決心最淺薄的主人吧。

即使如此，他還是踏出了一步。

正因為淺薄得逼近透徹，所以懷抱的正是純粹的決心——

為了與那些在這起事件幕後蠢動的人對等交鋒。

×　　×

水晶之丘　地下二十公尺處

史諾菲爾德這座城市並沒有地下鐵。

取而代之的，是在城市中央部的地下五十公尺處有座巨大的地底空間，那是由蓋出城市的魔術師與國家機關來維持管理的區域。

地面與那座空間之間的地下二十公尺處也有一塊小規模的管理區域，而其中一個分配給術士——亞歷山大・大仲馬用來當作「工坊」。

「話說啊，正上方明明就有賭場又有紅燈區還有高級餐廳，可是我卻不能自由地上去大玩特玩是怎麼回事啊？所謂折磨人就是指這麼一回事啊！我都不曉得自己是為了什麼才以英靈之身現身此地啦！」

嘆了一口氣後，大仲馬望向眼前約五名的年輕人。

「你們聽好嘍，賺了錢就要好好地揮霍喔！錢就跟食材一樣，會在覺得浪費的時候從某個角落開始慢慢腐爛掉的。」

就算一邊發牢騷，他手上的動作仍完全沒有停過。

「我剛才也和兄弟……就是你們的老大提過呢。我以前曾經把賺來的錢花掉了大半部分，蓋了一棟彷彿作夢才會出現的宅邸呢。我在二樓布置了許多天才的胸像喔！設置的胸像有雨果那小子的，還有歌德、荷馬和莎士比亞喔！在最醒目的地方裝飾的當然是我本人的胸像啦。是砸大錢要一流雕刻家製作的，很厲害吧？」

「呃……是的。就各種意義上來說……真的很厲害。」

即使聽見背後應答的語氣有些複雜，大仲馬也沒有回頭，繼續在類似卷軸的東西上奮筆疾書地用法語書寫某種文章。

「巴爾札克那小子看到我家時居然說：『嗯，任何人來看都會認為有十二分的愚蠢。不過，蠢到如此卓越，反而心情舒暢。』這種聽不懂是褒是貶的話呢……這樣啊，難不成……或許『那傢伙』也來到了我家門前，結果可能傻眼地回去了嗎……」

「……那傢伙？」

「哎呀，說溜嘴啦。總之忘了吧。」

大仲馬一邊咯咯笑著，一邊將筆沾上墨水。

就在這時，他終於將視線轉往身後。

「所以，來的只有五個人啊？兄弟也十分慎重嘛，是吧？」

大仲馬一邊聳肩一邊問道，並再次面向紙的時候，聚集的眾人——「二十八人的怪物」中的其中一名青年成員開口：

「……對不起，大半的人都被派去處理工廠地區的騷動了……」

開口表達歉意的人是年紀約在二十歲後半，將近三十歲的男性。雖說如此，外貌看來比實際年齡還年輕，長了一副說他是新人警察都合理的容貌。

他就是上次在與吸血種的戰鬥中失去右手腕以下部分的警察，目前斷面處是以特殊石膏及繃帶進行了處置。

「算了，無妨啦。有你在場就算僥倖了。然後呢？得到兄弟允許你戰鬥的許可了嗎？」

「這方面是還沒有……」

他從局長那裡接到的指示是：「只要你無法證明自己不會成為累贅，今後都不會允許你到前線作戰。」

警官心有不甘地握緊左拳，大仲馬一邊「執筆」，一邊繼續問下去：

「說起來，你的戰鬥理由是什麼？」

「咦……」

「難得獲得從這場充滿魔術師，又不曉得何時會死人的戰爭中退出的機會耶，為什麼還要刻意返回最前線？對你來說有什麼好處嗎？」

失去右手的警察對這個問題稍做思考後，斬釘截鐵地回答：

「術士先生說得沒錯……就是因為不曉得何時會死人。」

「哦？」

「我……不對，我們這些受到局長召集的人，一直都不認為自己是魔術師。」

「那麼是什麼？」

大仲馬繼續執筆詢問，男人進一步回應：

「我們——是警察。」

「……」

「在這個何時會死人都不曉得的狀況中，盡可能拯救最多的人，就是我們的工作。」

聽見這句情緒毫無停滯的回應，大仲馬愉快地笑著，繼續問道：

「好個漂亮話。這些漂亮話能讓你有飯吃嗎？」

「既然您都能蓋棟豪宅了，那總是能混口飯吃吧。」

「哈！你挺敢說的嘛！言下之意是我的小說都是『漂亮話』嗎？」

「……！」

看到大仲馬突然站起來，五名警察不禁直冒冷汗。

因為大仲馬是作家，很容易認為他是一個斯文的人，但實際上他有著非常積極主動的一面。

據說就算到了晚年，他曾為了撰寫料理書，親自外出去狩獵野獸。

彷彿是要讓他們想起這段逸事，遺傳自效命於拿破崙的軍人父親而來的身軀上纏繞著懾人的氣迫。雖然局長曾經說過「恐怕連我都能靠打架戰勝他」這種話，但是眼前的人不禁讓他們認為

——直接打一架的話，勝負應該很難說吧？

大仲馬就這麼以懾人的氣迫，抓起失去右手的警察的胳臂——

「你說得沒錯。」

他一邊聳肩，一邊打算將某樣東西嵌入警察的右手腕裡。

「不過我也喜歡漂亮話以外的東西啊……像這種說著漂亮話，而且最後還成功做到的主角，無論是出現在報紙上，或者是戲曲中，都能大賣啊。」

最終響起了有點讓人感到暢快的喀嚓聲後，警察覺得自己的右手腕上有種輕微的壓迫感與適度的重量。

「這是……」

牢牢裝設於警察右手腕上的，是大小剛好的一隻義手。

「上面有設置特殊的機關喔，之後我會再詳細說明。」

「不，可是……我還沒得到局長的……」

警察盯著義手，一邊困惑道。

對露出這種反應的警察，男術士一邊回頭繼續執筆，一邊說道：

「約翰・溫高德，二十八歲，紐約出生。血型是ＡＢ型，身為魔術師家系的次男，沒有繼承魔術刻印。」

「什……！」

突然聽到自己的名字與附帶的個人資訊全被說出來的警察，驚訝地看向大仲馬。

然後，大仲馬嘴角上揚，笑著繼續說道：

「抱歉，你們所有人的情報我都事先調查過了。約翰幼時喪母，你就是以此為由，才將想當警察的吧？是不想再看到有人經歷與自己相同的悲傷吧。」

「……其實不是那麼偉大的想法。我只是想要復仇……」

「啊，你不同意也沒關係啦。我只是弄成那種漂亮話，但是你想復仇的話也無所謂。」

大仲馬一邊抿嘴笑著，一邊為記下新的「故事」，為筆重新沾墨。

「我在報紙上連載《基督山恩仇記》的時候，從街邊小販乃至王國大臣，都很在意復仇者最終的下場呢。你也會聽到來自周圍的喧嚷聲吧……畢竟你用的是我製作的義肢（傳說）嘛。不活躍的話就成為騙局啦。」

「去告訴警察局長（兄弟），對他說：『你才別成為累贅呢！』吧……約翰！」

×　×

警察局　局長室

「……真奇怪。」

局長一邊讀著有關今早的工廠地區事件的報告，一邊感到不解。

法蘭契絲卡與她的使役者不曉得到底是用了什麼手段，似乎把那場很有可能會蔓延到整座城市的慘況擋下來了。

而巴茲迪洛與哈露莉則是分別在不同地方消聲匿跡，逃出了警方的監視網。

艾因茲貝倫的人工生命體亦然，結果還是不知道她為何會與哈露莉一起行動。

不過，現在局長在意的事情不是那些。

而是報告上指出，指派前往現場的「二十八人的怪物」的成員，原本打算要靠大規模的驅人結界與物理方面的誘導避難相互配合，讓那些看熱鬧的人群離開工廠地區——但是在他們實行計畫前，就看到居民已經在進行大規模的避難行動。

報告上寫到，在工業地區周邊超過十萬名的居民，同時一起往中央地區及住宅區移動的情景，看起來宛如在進行某種示威活動。

而且，完全沒有出現在那種混亂當中常見的，由素行不良者所引起，類似暴動的破壞行為，這些人完全沒有做出除了「避難」以外的行動。

「法蘭契絲卡做了什麼……？不，可是……那個老怪物應該會很樂於看到民眾陷入恐慌才對啊……」

這次雖然為了防止城市被廢棄，硬是將事態平定下來，可是原本法蘭契絲卡不是一個會收拾事態，而是會徹底煽動事態的存在。

——避難完的民眾好像還在中央地區與住宅地區閒晃……

——沒有施過範圍魔術的痕跡嗎……？

——剩下的，就是調查他們是否個別處於催眠狀態，或是在某種影響底下了……

就在局長思考這些事時，有人敲了房間的門。

「進來。」

接著從被打開的門後出現熟識部下的面孔。

是身為局長的輔佐者，擔任祕書官的女性。

「局長，有緊急事態要告知您。」

「……怎麼了？」

「費拉特．厄斯克德司到大廳那裡了。」

「……什麼？」

聽到部下所言，局長望向螢幕，不是平常的監視系統，而是配置於局長室的特殊監視螢幕。

接著，透過使魔之眼所見的視野中，確實有名在報告書上記載過的少年身影。

他不知為何被上了手銬，東張西望地觀察四周，完全就是可疑人物。
局長看到跟隨在他身邊的警察時，瞇細了眼。
那是一名今天理應沒有值班，亦非二十八人的怪物成員的一般警察。
「他起初在公園召喚英靈時，也有報告指出有名像是英靈的存在變成警察的樣子吧。」
「是的，我認為他恐怕是帶著英靈侵入警局。結界並沒有特別出現反應，或許他是將魔力完全遮斷了吧。」
「應該吧……另外，我還在意著一件事。」
「什麼事呢？」
像是祕書官的女警面無表情地如此問道的瞬間，局長的身影一晃——
下個瞬間，她的後頸已被日本刀的刃部抵住。

×　　×

「你是誰？」

「請問……為什麼大仲馬先生能製作出寶具呢？」

警察隊的一人如此問道。

這也是首次面對面與站在己方這邊的「英靈」交談，因此警察隊的每個人臉上都不禁透露出緊張的神色。

畢竟，對方可是那個大文豪大仲馬呢。

警察隊中也有人在孩童時期接觸過《三劍客》小說，也有許多人藉著看電影、電視劇系列，或是觀賞人偶劇等方式將他的作品刻劃於心。

對於像這樣同時身為他的「支持者」的警察提出的根本性詢問，大仲馬聳聳肩地淡然回道：

「其實所謂的英靈意外地有通融性吶。也就是生前的成就，會配合各種傳說得到擴大解釋。像我，生前根本就不是魔術師。不過啊，也有用當作家以外的方式賺來的錢幹過各種事情喔。」

露出彷彿惡作劇成功的孩子般笑容後，大仲馬開始愉悅地闡述過去。

「唉，當時我的好友加里波底說要統一義大利的時候，我用自己的船艾瑪號塞了一大堆武器給他，還發行報紙來推了一把呢。作為交換，他就任命我當專門挖掘調查過去的遺跡與遺物的博物館統括負責人了。哎呀，讓我當時把玩欣賞了好多有趣的玩意兒呢。」

「過去的……遺物……」

「而術士那些『製作道具』、『設置陣地』等等的能力，就與我的審判騷動之類的逸事交互融合，成為一種技術了。並不是魔術，是將該寶具的過去……將故事改寫後再貼上的『技術』。或許有受到當時接觸過的遺跡與遺物影響吧。因為當時在龐貝一帶，挖出了許多不得了的玩意兒呢。」

雖然自己也並非完全把握了擁有這種能力的理由，但是身為英靈，只要有世界賦予自己的知識，就能完美地運用這個能力。

大仲馬一邊緬懷過去，一邊咯咯笑地重新在卷軸上執筆書寫。

「那時期雖然也發生過許多麻煩的事，但是結果也間接地替老爸報仇了呢。」

亞歷山大．大仲馬的父親——托馬是留名歷史的著名將軍。

過去在拿坡里成為俘虜時，遭人下砒霜而搞壞了身體，壽命因此大幅縮短。

有了那名托馬將軍之子——大仲馬的支援，讓進攻拿坡里的速度加快，己方的市民還在大仲馬面前，以斬首俘虜其父的國王雕像之形式向他表達敬意。

雖然不是直接下手，而是以儀式般的形式報了仇——但是比起大仲馬對拿坡里王的復仇故事，警察們更對他的父親感興趣。

「您的父親，就是那位身為拿破崙部下的——」

「停，別說了。我老爸曾經是拿破崙的部下沒錯，卻和那位皇帝陛下在方針上有點磨擦。老爸是由在某處擔任侯爵的爺爺，與黑人奴隸的奶奶之間所生下的孩子，這個身世導致老爸在歧視黑人的潮流下被趕走。拜此所賜，老爸就在失意中衰弱地死去，我和老媽甚至連軍人年金都領不到，因此過著貧困的生活啊。」

「您恨他嗎？恨著拿破崙。」

對這故事感興趣的警察進一步問道，但是大仲馬不但沒有嫌煩，反而自豪地繼續闡述自己的往事。

「那部分又是一件趣事了。我在老爸死後只見過拿破崙兩次，但是啊……算了，那部分等到下次再聊吧。」

大概是覺得說來話長，大仲馬一度打算中斷話題。

但是從中想起了別的往事，又開始開心地述說：

「話說老爸死去的時候，我還是個笨蛋啊。當時我拿著槍衝上二樓，嚷嚷著『我要宰了殺掉老爸的神』呢！很蠢對吧？還是小鬼的我，想說天國就在上面，所以以為從二樓或許就能射到神喔。」

「不……孩提時代的事了嘛。」

「老媽也很有老媽的樣子，她揍了我一頓，還說：『我們家已經不需要什麼挑戰神的英雄了！』因為所謂的英雄，就是在被歷史弄得一踏糊塗的最後，留下家人自己死去的玩意兒嘛……

儘管如此，在那之前也該用我冒瀆了神之類的理由來揍我啊，你們說對不對？」

大仲馬聳肩笑道，但是警察們判斷不出這到底是不是能笑的話題，互相望著彼此。

「嗯，怎麼了？」

「啊，不是……我們不曉得該不該笑……」

「幹嘛啊，你們該不會是在顧慮我吧？不用介意，笑吧笑吧。不過，一般人大多對這種事會吞吞吐吐的，滔滔不絕地述說往事或許不太好吧。反正啊，要是我這些無聊往事能成為誰的消遣，要多少我都會說啊。要是肯給我演講費，我還能再多說一些更滑稽可笑的事呢。」

咯咯笑著的大仲馬，直接詢問警察們：

「然後？就這樣了嗎？能和我這樣的大作家聊天的機會可不多喔，要是還有其他的事情想問，就趁現在喔！」

警察隊的人察覺到他似乎喜歡聊天這件事，開始思考是否該隨便引誘他說些自豪的事來討好他的時候——

想要早點適應而不斷擺動右手義肢的警察——約翰一臉認真地問道：

「……我們能獲勝嗎？」

「我是作家。不是軍師，更不是預言家喔！」

「您製作的寶具真的是非常出色的東西。但是，使用它的我們終究是人類。只是拿著寶具模仿英靈的我們……贏得過那些怪物嗎？」

接著，大仲馬沉默了一會兒，「喀啦」地扭響脖子述說：

「……雖然，又這是我的往事了。」

「？」

「一開始，我其實對戲劇與小說都完全沒有興趣。老媽要我看的盡是些古典的無聊悲劇，我對此束手無策……可是啊，只有我某天看到的悲劇《哈姆雷特》不是那麼回事。它震懾了我，使我不禁硬是要別人把劇本讓給我，彷彿想將其全部記住般，不斷地反覆閱讀。我是因此才對所謂的戲劇有了興趣，而那正是我的起點之一。」

「《哈姆雷特》的話我能理解，因為那是威廉·莎士比亞的代表作啊。」

看到集體點頭同意的警察們，大仲馬嘴角一揚地笑了。

接著，這次也露出剛完成惡作劇的孩子般的眼神，繼續把話說下去：

「不過呢，那個《哈姆雷特》其實是由叫做杜西斯的人翻譯……不，那該叫改編了吧。總之那是將原作破壞後再以自己的解釋重新撰寫的玩意兒。我後來看了真正由莎士比亞撰寫的劇本時，還嚇得站不起來呢。和他的真跡相比，我看過的玩意兒，可是連原作愛好者與莎士比亞都會震怒的慘烈作品，堪稱是《偽哈姆雷特》啊。」

大仲馬咯咯笑後，在大笑恰到好處地停住時，又嘴角一揚，笑著面向警察們。

「可是，改變我人生的就是那個『冒牌貨』。唯有這點是誰都不能否定的。哎，也可能是因為原作實在太傑出了啦，不過不管那是冒牌貨還是什麼，裡面都充滿了杜西斯如假包換的熱情啊。」

接著，大仲馬一邊將不知何時修復及改良完成的武器交給警察們，一邊露出在欣賞愉快喜劇的觀眾神情，卻又如同操縱舞台的演出家般自信斷言道：

「放心吧，雖然你們還不知道，可是兄弟……你們老大的熱情是貨真價實的。只要你們信任他到最後一刻，也不過就是正版的一兩個傳說，不論多少都可以推翻吧。」

×　×

警察局　局長室

銀色的刀刃閃著光輝時，局長室內的時間靜止了。

打破漫長沉默的人，是被刀抵住的女性警察。

「這是什麼意思？我是貝菈・列維特。是受到局長召集組成的二十八人的怪物的成員之一，是您忠實的部下，請問這是某種職權騷擾嗎？」

女性面無表情地淡然說道，局長對她眯起雙眼。

「了不起啊，真的就像貝菈會說的話一樣。」

「因為我就是本人。」

「不，真正的貝菈正前往監視室。」

雖然沒有說出理由，但是局長非常肯定。

包含自己在內，「二十八人的怪物」成員肩膀中都埋入了電子晶片，局長能藉由增幅體內魔術，彷彿眼前出現雷達畫面般，感覺到晶片間彼此的距離。

若相信這份感覺，那麼正前往三樓監視室的晶片就是屬於貝菈的，而其他成員的晶片反應中，沒有任何一個是在這間房間裡。

這名呈現貝菈姿態的「某人」似乎正在思考局長的話是否為虛張聲勢——下個瞬間，對方嘆息地搖搖頭。

「現在讀取到了。ＩＣ晶片……那麼複雜的東西我無法立刻拷貝完成。還是應該再多花些時間呢，主人。」

主人。

聽聞這個詞，局長的身體頓時緊張起來。

接著，就像要舒緩那股緊張般，局長室中響起一道聲音。

「啊……IC晶片？難道是體內有埋著電子儀器還是什麼的嗎？真厲害。那樣做的話，我確實會不知道呢。失策了呢。」

聽到自角落出現的嘆息，局長一邊警戒著眼前化為部下姿態的存在，一邊看向那裡。

在角落的身影，是正沮喪著的費拉特．厄斯克德司。

——螢幕上的畫面，是用魔術製作出的偽裝影像嗎！

局長立刻展開行動。

他打算使喚設置於房間結界中的魔獸，將青年作為人質來封鎖使役者的動作。

——會用這種出其不意的手段，代表英靈本身的戰鬥能力應該不高。

——到部下回來前，熬得過去嗎……！

只要啟動結界內的防禦系統，二十八人的怪物的成員都能得到通知。

局長立刻用空著的手抽出手槍，朝地板擊出子彈。

伴隨幾乎無聲的發射音，抵達地面的特殊彈頭使室內的結界因此啟動——三頭魔獸頓時顯現到費拉特．厄斯克德司的周圍。

接著——

「——干涉開始（Play ball）。」

費拉特口中唸唸有詞的同時，那些魔獸居然都對費拉特低垂著頭，而且開始搖起尾巴。

「什……麼……？」

而且不只如此。

其他啟動的防禦用魔術也全數被無效化，就連要傳達給二十八人的怪物的緊急通知也遭到了封鎖。

——不敢相信……這種技巧不像兩天前的刺客與吸血種，是依靠蠻力行使的。

——他是在當下即時將我已經展開的魔術改寫，並奪取了所有的魔術系統嗎？

天惠的忌子。

這是少年費拉特·厄斯克德司被賦予的別名，局長重新體認到這絕非是誇大其詞的形容。就在這個瞬間——

「——狀況終熄（Game set）。」

費拉特再次嘟囔，並將張開的手配合聲音一握，魔獸群回到原本的起動場所並且靈體化，一切的狀態都被修復成防禦結界起動前的樣子。

——但是，還有反擊的機會。

在魔獸顯現的時間點，身處局裡的二十八人的怪物的成員應該都察覺到了氣息，正趕往這裡才對。

包含真正的貝菈在內，以五人與眼前的天才及使役者為對手，應該能占到優勢吧。

——問題是，自己能不能壓制這名使役者，撐到那個時候……

——……！

這時局長又重新睜大了眼睛。

因為他發現正用刀抵著的冒牌部下旁邊，又站了一名有著相同模樣的存在。

「請解除攻擊態勢，奧蘭德．利夫警察局長。」

用著與貝菈一樣的口吻的，疑似費拉特的使役者的存在，淡然地宣告。

就在道出那句話的須臾間，房間裡又出現兩名相同的人影——並指向桌上的螢幕。

局長與她們拉開距離，在急忙後退的同時確認螢幕，發現畫面上映出了令人驚愕的景象。

所有的監視器裡都映出了奧蘭德．利夫的身影，並且正各自在不同的場所對二十八人的怪物的成員說明什麼事情。

——這個……不是竄改過的影像。

——全是化身成我與貝菈的存在……！這些數量……全都是嗎！

局長湧上心頭的疑問，在化身成貝菈模樣的英靈開口下得到答案：

「這間警察局內的人口，已有四成都是我了。」

看了看對方的樣子與費拉特後，局長靜靜地將刀收起。

「看樣子，主導權已由你們掌握了呢。」

「啊，你了解了嗎？」

「是啊，有意要殺我的話，應該有更輕鬆就能暗殺我的手段吧。將自己的力量展示出一部分，使談判變得有利——宛如黑手黨的做法呢。」

「呃……因為所有結界都自然地與局長先生連繫著，我才想靠喬裝成部下來刺探狀況……沒想到會露出馬腳，演變成像是戰鬥的局勢。不好意思，嚇到你了。」

看到費拉特對自己低頭致意，局長不禁皺眉。

雖然耳聞過這個人沒有魔術師該有的氣質，但是有這般和緩氣質的年輕人，為什麼會參與聖杯戰爭呢？

——不，還是連這種表現都是偽裝出來的？

「然後？找我有什麼事？」

「是的，其實與其說是有事，應該說，既然在警方關係者中有主人，我覺得應該要來見個面、聊一聊比較好。」

「……慢著，說起來你怎麼會知道警察局裡有主人存在？」

「因為在街上巡邏的警察中，有數人是魔術師，而魔術性的監視系統又是以警察局為中心構築起來的。還有我在想，或許在電視上演說過的劍兵先生也在這裡……」

——明明用心地加上了重重偽裝了啊。

局長雖然為監視系統被識破的事情面露不悅，但是在看過剛才的異常技術後，已經不值得大驚小怪了。

「還有，另一個監視系統是鎮上的矯正中心？那是監獄嗎？雖然也有連接到那裡，但是來這邊比較近。」

——是法迪烏斯的監視網吧。連他也不行啊。

心裡感到些許舒暢後，局長再次問道：

「來找我共組戰線，就表示你有目標對象了吧？是誰？」

「咦？啊！對不起，與其說是來共組戰線……實際上有點不同。」

「？」

「我們是……那個，來報案的！」

報案。

那是奧蘭德身為魔術師以前，在身為警察局長的人生中不絕於耳的詞彙，但是他卻彷彿此刻才首次聽到般皺起眉頭。

費拉特對露出這種反應的局長開口：

「其實，在醫院住院的人裡，好像有聖杯戰爭的主人。」

「……什麼？」

「從今早起，大概是在那間醫院裡的人，與數量龐大的街上民眾之間產生了微弱的魔力連結喔。所以我才想說，既然警方關係者裡有對魔術了解甚深的人在，那還是來通知一下比較好。」

×　　　　×

史諾菲爾德中央醫院

身為繰丘椿的主治醫生的女醫生，接到有人致電的通知後，前往了辦公室。

「啊，列維特醫生。令妹致電給妳喔。」

「謝謝……真難得，居然是由她打電話給我呢。」

從女看護手中接過電話，女醫生與昨天自己一直試圖聯絡的妹妹聊了起來。

「喂喂，是貝菈嗎？不好意思，我在醫院裡所以不能用手機。」

『沒關係，姊姊。因為今天鎮上還是混亂不斷，所以我擔心妳那邊是不是也有受到影響。』

「啊，工廠地區發生了火災嘛。我這邊沒事喔，雖然好像還是有許多嚷嚷著『家人說不想離開鎮上』的人來精神科啦……到底是怎麼回事呢……」

『對了，姊姊，繰丘椿妹妹的狀況如何了？』

「哦，椿妹妹啊？她啊，這幾天的狀態非常好呢。好到什麼時候甦醒過來都不奇怪的地步。要說有什麼不對勁的，就是手上出現奇怪的斑紋吧。」

『斑紋……是嗎？』

「我一開始以為是有人惡作劇，但是擦也擦不掉，好像又和刺青不同……不過，她的狀況好轉，就是在那個斑紋出現之後呢。啊，妳別誤會，我完全沒有是那個斑紋模樣的東西讓她好轉的，這種超自然現象的想法喔。」

在這之後又稍微閒聊了一下，女醫生──艾美莉亞．列維特掛斷了電話。女看護對她說道：

「醫生的妹妹，我記得年紀輕輕的就在警察局出人頭地了嘛？」

「是啊，是在孩童時期和母親一起生活受到了影響吧，她遺傳了母親嚴肅的說話方式呢。不過，或許反而很適合警察這職業呢。」

艾美莉亞就這麼前往椿的病房，並且自言自語道：

「話說回來，她好久沒有關心過椿妹妹的事了呢……」

× ×

警察局 局長室

掛斷電話後，「真正的」貝菈面無表情地轉向局長。

「我確認過了。確實如厄斯德克司氏所言，在繰丘椿身上發現了令咒的樣子。」

「……話說，那個告訴妳手上刺青的事情的人，原來是大姊妳的親人啊。」

「是姊姊。因為沒有魔術才能，所以她是在完全不知道這個世界的環境下長大的。」

貝菈淡然答道，費拉特面露微笑。

「姊妹都是從事能幫助人的工作呢，真厲害。」

「……謝謝。我姑且不提，但姊姊是單純的努力家。」

對於話中絲毫沒有挖苦，真心表現出尊敬的費拉特，儘管態度冷淡，貝菈還是對他致謝。從她的話裡推測，或許比起自己獲得認同，姊姊得到認同的事更讓她開心吧。

局長在這時候刻意咳了兩聲。

「也就是說，她在意識不明的情況下召喚了使役者……是這意思嗎？」

「是的。依狀況研判，我想英靈也有可能正在單獨行動。」

「……為什麼不是繰丘夫妻，而是女兒？這和他們目前仍然深居家中有什麼關係嗎？」

越是整理狀況，新的疑問就越是不斷湧現。

即使要利用警察的權力干涉醫院，在不知道對方使役者真面目的情況下，就有如自行跳入陷阱一樣。

「請問……應該也有以大規模的魔術，將整間病房轟飛這種手段吧？」

聽到費拉特的提案，局長讓眉間的皺紋刻得更深了。

「……一旦有什麼萬一，就只能這麼做了吧……不過，我與二十八人的怪物結下了盟約，訂下了我們屬於正義這個立場的枷鎖。所以我必須保證他們的正義。要犧牲那名少女，至少必須在足以稱為正義的狀況下才行……所以只要無法斷言已經別無他法，我都想先排除掉這個選項。」

聽完局長語帶不悅的說詞，費拉特鬆了口氣。

「是嗎？聽了你這番話，我就放心了！」

「……？」

「意思是若你是一開始就會這麼做的人，我們就無法共組戰線了……雖然我想，換作大家所說的『有魔術師樣的魔術師』，很多人都會毫不猶豫地一開始就這麼做吧。」

「……你在測試我？」

局長長嘆一口氣，同時觀察著費拉特。

——的確，這名少年不像個魔術師，我也一樣。

——若是以合理性為優先的魔術師，一般都會毫不留情地將那名「意識不清的少女」收拾掉吧。

「……但是以結果來說，我會選擇維護多數人的秩序。所以我在此斷言，要是受害狀況會進一步蔓延，我會將槍口指向那名少女。」

「好的！不過，既然局長都向我坦言了，那我也能放心地介紹他給您了！」

「介紹……？」

對一臉疑惑的局長，費拉特一邊微笑，一邊將從懷裡掏出的機器拋給局長。

那是一台手機，而且正維持在與某處通話中的狀態。

「我這頭會經過二十七階段的暗號化處理，『對面』也會進行處理，所以我想無論是魔術性手段或科學性手段都無法竊聽。請聽吧。」

「……」

局長在他的催促之下將手機貼在耳邊。

是察覺到了嗎？身處電話另一頭的男人開口說道：

『……聽來你就是統括史諾菲爾德市市警的奧蘭德‧利夫警長了。』

是聽起來雖年輕，卻有相應的魄力的聲音。

「沒錯，你是什麼人？」

局長一邊推測對方應是費拉特的協助人，一邊交織出言詞，卻在想到某個推測時頓時停住動作。

——該不會——

為了告知局長的預感是否正確，電話那一頭的男人開口。

此舉只是為了告知史諾菲爾德的幕後黑手之一，自己是何等存在。

那是在其後，包含費拉特與局長在內，改變了眾多魔術師的命運，刻在聖杯戰爭的歷史之中的男人之名。

『鐘塔現代魔術科講師。平常稱為二世……我借用了艾梅洛閣下二世之名。』

「……！」

局長驚愕地大睜雙眼，而這名自稱是鐘塔最高權力者之一的男人，更進一步地說下去：

『不過對你們這些人，我就特地報上別的名字吧。』

『韋佛．維爾威特……過去參與了在冬木之地進行之聖杯戰爭的，區區的三流魔術師。』

幕間
「背叛的遊行」

沼澤地宅邸

即使到了中午，法迪烏斯的部隊仍然沒有回到宅邸周圍。

從看守的影子所言確認此事的西格瑪將記事本翻開，整理起情報。

劍兵剛才說了「那些在巡迴警戒的士兵都餓了，很辛苦吧」之後，就把用宅邸裡的乾燥食品烹調成的食物，送到留在此地的狙擊兵、觀測手與偵測兵的所在處去了。

根據影子的說法，狙擊手與觀測手見到劍兵突然出現在身旁時，似乎陷入恐慌還發動攻擊，不過現在已經平息下來了。

綾香雖然在那段時間都待在宅邸裡，但要說她毫無防備，影子卻也說了：「劍兵帶來的魔術師在保護著她。」

——召喚出同伴的寶具……居然還擁有那種東西，英靈真是深奧啊。

將自己與最異質的英靈締結契約一事束之高閣，西格瑪繼續整理情報。

刺客現在正在巡邏宅邸四周。

她拒絕使用身為吸血種的主人的魔力，據說目前是劍兵用寶具喚來的魔術師在提供魔力給她。雙方並以此作為暫時休戰的交換條件，西格瑪對於將性命交付在他人手中的刺客感到些許同情。

她正警戒著法迪烏斯的部隊，應該是打算在留下來的偵查兵等人意圖攻擊己方時，就即刻收拾掉他們吧——影子述說他的推測。

看樣子，就算是看守的力量，也無法完全判讀對方的內心，而是從至今的行動乃至個性來推測的吧。

——看守也不是無所不能吧。

刺客的寶具也是。只是因為毛髮攻擊已經在警察局發動過了，所以才能提出忠告，萬一是首次見到的攻擊，船長似乎也不會提出助言。

——……是運氣救了我呢。

西格瑪一邊想著這些事，一邊疾筆振書。為了避免不小心被劍兵或刺客看到，他以只有自己明白的暗號寫在筆記上。

「……旁人來看，只會覺得是被惡靈操縱而寫下的莫名其妙文字呢。」

西格瑪無視船長的話，繼續問道：

「我想確認各個陣營的戰力差距。除了法迪烏斯的部隊外，還有多少人是以組織為單位挑戰聖杯戰爭的？」

「這個嘛，只論人數多寡的話，最多的就是指揮著包含一般人警察在內的警察局長與大仲馬這對搭檔吧。人數少又危險的，是哈露莉．波爾札克帶著的人工生命體——體內的傢伙。」

「……體內的傢伙？是什麼人？」

「問得好，這才是問題啊。因為真面目尚未暴露，看守也還沒完全掌握。不，若對方真的那麼強大，看守那傢伙應該憑氣息就能推測出來才對啊……」

這時船長消失，由持蛇杖的少年接續話題。

「對方完全遮斷了自己的氣息。而且這樣還能行使力量，非常了不起喔。不只是看守，就連擁有最高級別的氣息感知能力的恩奇都，都沒注意到她與哈露莉的英靈的存在。」

「……原來如此。」

「其他也有許多該警戒的隊伍，不過其中也有默默地採取行動的隊伍，我們也還沒能完全掌握到其目的，希波呂忒組也還沒研判出動靜，銀狼與恩奇都也是在有所動作前，都無法進行推測。」

——原來如此。這麼一來，以少人數行動的陣營也不能掉以輕心了。

西格瑪認為還是不能以一般手段行事，重新繃緊神經。

「緹妮．契爾克率領的土地守護一族怎麼樣了？」

「目前實動部隊有五十六人，在城市裡活動著呢。在他們位於溪谷的據點那邊應該還有更多人，不過那座集落在看守的觀測範圍外。現在緹妮．契爾克的戰力頂多就四十六人吧。」

「？有五十六人吧？」

西格瑪對人數不相符這點感到疑惑，持蛇杖的少年以無所謂的口吻回道：

「七人是其他組織的內奸，三人正被遊說當內奸而心生動搖。已經派不上用場了吧。」

「……是嗎，真辛苦啊。」

「無論哪個組織都有內奸存在啊。法迪烏斯的部隊裡也有三名與史夸堤奧家族有勾結的人存在。若是法蘭契絲卡那種等級的魔術師，就算不是內奸，只要靠暗示就能簡單地讓其他陣營的人背叛了吧。」

「很像毫無計畫性的法蘭契絲卡的作風。」

說出混雜了對前僱主諷刺的感想後，西格瑪再度詢問看守：

「可以預測其今後動向的陣營是？」

「費拉特．厄斯克德司和警察局長締結了暫時的共同戰線。晚上十點時，局長召集了二十八人的怪物並傳達作戰計畫，應該開始在中央醫院行動了吧。」

「醫院？」

「其中一名主人目前以意識不清的狀態住院中。雖然英靈還沒有現出真面目，但是似乎早就已有所行動嘍。好像是依附在市民身上並操縱著他們的行動吧。其規模目前已經膨脹到以數萬人為單位了，警察局長也不能置之不理吧。」

西格瑪問了詳細，看來費拉特與警察要共同戰鬥，打算將那名少女隔離並進行調查。由於少女感染了繰丘家的改良型病毒，所以行事上會格外慎重吧。

「吸血種不知為何睡在少女的床底下，理由尚未釐清。不過對方在自言自語時，曾說過為了使刺客墮落，打算利用少女之類的話。」

有著機械翅膀的少年影子，述說著關於捷斯塔．卡托雷這個吸血鬼的情報。

看來刺客的主人個性不是普通惡劣的樣子。

西格瑪聽完這些情報，思考著自己該如何行動。

——應該老實點，不要輕舉妄動？還是該直接介入，流出一部分的情報給法迪烏斯他們那邊，讓他們去行動呢……

西格瑪雖然考慮了各種可能性，但是影子卻說出了讓事態更混亂的發言。

「呃，那個……雖然還不確定，不過晚上十點過後，阿爾喀德斯或許會前往醫院。」

「巴茲迪洛的弓兵嗎？為什麼？」

「恐怕是因為他知道了身在醫院的少女的事吧。」

「？」

西格瑪對這段莫名其妙的發言感到不解，船長模樣的影子便說：

「很單純啦，小鬼。剛才不是說過，十點時局長對二十八人的怪物傳達了作戰計畫嗎？」

「難道……」

「就是所謂的瀆職警察啦。局長恐怕沒想到自己的部下裡會有這種人，而此人偏偏還是史夸堤奧家族的手下吧。」

第十三章
「第二日　夜晚
最終，第二個、第三個——」

晚上十點 史諾菲爾德中央教堂

隔著市內最大的賭場大廈「水晶之丘」，在警察局相反方向有一間史諾菲爾德中央醫院。距離那間醫院稍遠的場所，建有一棟教堂。

雖然城市的歷史尚淺，但是由於其外觀有著相應的威嚴，所以平常也有許多虔誠的信徒與觀光客來訪，是座繁榮的教堂。

不過現在此處設置了驅人結界，成為了一般人不會想要靠近的空間。

在這狀況下，留在夜晚的教堂裡的神父一邊苦笑一邊開口：

「來尋求庇護……看來不是這麼回事啊。我本來還打算對那個局長開開玩笑呢。」

眼帶為其特徵的神父——漢薩．賽凡堤斯。

四名修女在他身邊散開，她們身穿的絕非戰鬥服，但仍穿著修道服做好隨時能戰鬥的準備，警戒著來訪者。

她們會這樣做也是理所當然，因為出現在教堂的，是以貝菈為首的，約二十五人左右的「二十八人的怪物」的成員。

局長留下幾名成員在身邊，並從警局下達指示後，提出將教堂作為對醫院進行作戰行動的一部分來利用的提案。

「狀況我是明白，不過我有允許嗎？」

對著表示不解的漢薩，貝菈回道：

「我們並不是要向你尋求支援，根據作戰內容，可能會出現需要拜託你保護一個人的狀況。」

「是那個只有使役者在持續活動，本人卻意識不明的主人吧？不用說，保護人這件事無論我身為監督官、神父，或是一名人類都贊成，但那是在對方有意辭退聖杯戰爭的狀況下。在這次的案例中，得看能不能和那名使役者談判才能決定，對吧？」

「是的。根據狀況不同，我方也可能會強制排除那名使役者。因為那種情況已經超過了監督官的責任範圍，所以我們不會尋求你的協助。」

「原來如此。雖然我有種被拐著彎給利用了的感覺……不過，那就是監督官的角色吧。」

漢薩聳聳肩，不過他注意到警察們旁邊有名青年一直盯著這邊看。

「對了，他是誰？看起來不像警察呢。」

他這一說，被點名的青年——費拉特慌張地跨出一步。

「啊，你好！我叫做費拉特。是狂戰士的主人，參與了本次行動並提供他們協助。聖杯戰爭的監督官，請你多多指教！」

「哦——總算出了坦率認同我是監督官的主人啦？我是漢薩．賽凡堤斯，也請你多多指教了。」

漢薩自嘲地笑道，費拉特觀察他的全身並問道：

「那個……若是我搞錯，有冒犯到你的話我道歉……漢薩先生，你前天在警察的停車場戰鬥過吧？而且你的身體，應該有大約七成是機器吧……」

「……哦，你知道啊？」

「是的，在你身體各處的魔力流動，呈現了幾何學式的變化，是我搞不懂的東西，所以我才覺得大概是機器吧！哇——和朗格爾先生與橙子小姐的人偶都不一樣……真厲害，我還是第一次見到改造人呢！你可以發出火箭拳嗎？或是變出鑽頭之類的……？」

漢薩對看穿自己的身體特性的費拉特搖搖頭。

「我的拳頭不會飛出去，鑽頭則是祕密。不過，單臂可伸長到最大三公尺的距離，也能發射手榴彈……雖然是祕密，不過我的腳裡還裝設了聖化的鏈鋸。」

「……我好感動啊。若不嫌棄我是鐘塔魔術師的話，請和我握手吧！」

「當然可以，你的品味不錯呢。要是對魔術厭煩了，就來歸依聖堂教會吧。」

理應是仇敵關係的鐘塔魔術師與聖堂教會的代理人，互相投以認同彼此般的笑容，並且堅定地握手。

無視於那些困惑的警察，以兩人為一組待機中的修女們竊竊私語：

「漢薩師父對魔術師亮出了自己的底牌耶……這樣好嗎？」

「老樣子了，沒辦法。因為漢薩的內在其實跟小孩子一樣啊。」

×　×

昏暗的場所

巴茲迪洛放棄自己位於工廠地區的工坊後，正在史垮堤奧家族準備的預備據點待機。

而在他的面前，做成通靈板模樣的「通訊器」正緩緩地運作著，依序指出字母，慢慢形成一篇文章。

確認過其內容的巴茲迪洛，面無表情地對著黑暗說道：

「阿爾喀德斯，你動得了嗎？」

然後，解除了靈體化的阿爾喀德斯從黑暗中出現，一邊讓濃烈的魔力在體內遊走著，一邊開口：

「當然。」

「……警察內部的『老鼠』那邊有消息來了。要去醫院。」

接著，他以與平時無異，抹消感情的聲音指示阿爾喀德斯。

「……必要的時刻已到。要麻煩你處理一名孩子。」

「是嗎？」

阿爾喀德斯的表現，看不出一絲猶豫。

巴茲迪洛看到阿爾喀德斯的態度，在滿足的同時，也將理所當然浮現在心中的疑問提了出來：

「雖然現在才提是有點奇怪，不過就算和那名術士交易並不吃虧，但沒想到你會老實地撤退呢。我原本以為你會強硬地要殺掉那名女神。」

對早就用盡令咒的巴茲迪洛而言，他已經沒有可以阻止阿爾喀德斯的手段了。

因此，他雖然已有覺悟會白白浪費一件有利可圖的交易，卻萬萬沒想到阿爾喀德斯會選擇收弓。

「……那個，不是我認識的神。」

「是指場所不對嗎？不過，本質是類似的吧？」

「不，並不是那個意思。那個不是本體，也不是分身……恐怕是烙附在他人人格上的一種類似吶喊的事物。是甚至跨越了時代的不祥詛咒。」

阿爾喀德斯一邊冷靜地整理裝備，一邊走向臨時工坊的出口。

「我雖然憎恨神，但是神留下的詛咒是次要之事。雖然遲早要收拾掉她這點不會變，不過在那之前，我要先收拾掉那個自稱英雄王的半神，僅只如此。」

「那麼，今晚的工作也要麻煩你好好完成了。」

巴茲迪洛一邊以銳利的眼神目送阿爾喀德斯的背影，一邊向他出示做完這件工作的好處：

「要是做得順利，就能大幅減少對付英雄王時的不安要素。而且也能充分貶低那些奪走你一切的諸神名譽吧。」

對於主人的告知，弓兵頭也不回地向前走，並淡然地說出同意的話語。

「用不著你說，我的存在，就只為了玷汙其名譽。」

×　×

教堂　屋頂

中央教堂的屋頂有一部分做成了平台，是一處可用來眺望星空與夜景的一角，以及富麗堂皇的鐘樓之空間。

在這裡待機的費拉特，吐出安心的嘆息。

「啊，太好了……總算是順利談妥了。」

接著，化成手錶的傑克回道：

『這一切都多虧了身為你恩師的那位魔術師大人吧。他對警察局長所說的考察以及其後的談判手段，只能用精彩來形容。』

當時在局長室裡的傑克雖然只是從旁看著而已，但是不在現場的艾梅洛閣下二世，就宛如安樂椅偵探般，雖然不在現場，卻清楚地整理著這城市的狀況。

恐怕少女正被使役者依附身體的事，以及她有可能是在深層心理或者夢中締結契約的事。因為她一直受到繰丘製造的細菌所侵蝕，所以喚來的英靈有可能是與病原菌有關的英靈，或者是在尚不存在細菌、病毒這種概念的時代裡，被視為疾病象徵的存在──所以艾梅洛二世推斷，目前市內出現的異常，也許是由能夠「有意識地去選擇感染對象的細菌狀魔術」，這種極為特殊的事物所引起的吧。

後來他還與局長做了各種談判。可以說他以人在英國的狀況下，就漂亮地深入史諾菲爾德的聖杯戰爭其幕後黑手的內情裡了吧。

「在鐘塔裡，沒有人能在不使用魔術的考察與談判這方面贏過教授喔……啊，不過若是談判中混入了對手的威脅就會很辛苦……」

大概是過去發生了很多事吧。費拉特雙肘靠在平台的邊緣，似乎很懷念地說：

「鐘塔這地方存在著派系鬥爭之類的各種麻煩事。那些東西我不懂，因為在我看來都太沒效率了……教授也是一邊說那些是愚蠢的玩意兒，一邊尊重對方，圓滑地應付那些人。收留我的時候，好像也發生過很多事。」

費拉特如此說道，在短暫沉默後對傑克說：

「希望醫院的女孩子，能夠得救呢。」

『是啊。』

傑克表示同意後，忽然問道：

『……有件事我一直很在意。』

「什麼事？」

『為什麼你想救那名少女？』

「為什麼嗎……」

對這個非常基本的提問，費拉特沒有立刻回答，而是含糊其詞。

『你的氣質確實散漫，不像魔術師。討厭為了聖杯戰爭而殺死少女這我也能理解，不過，為了原本是敵人的其他主人做到讓自己置身於險境的地步，這就有點脫離一般人的常識吧？』

「……幫助有困難的人是理所當然——」

『才不是。雖然還是要看程度，但這絕非理所當然之事啊，主人。人並沒有如此強大。要變強的話，就一定有理由才對。』

聽完傑克這番話，費拉特嘴裡說著「原來如此」並點頭同意後，花了一點時間仰望夜空思考著。

然後，或許是在心中歸納出結論了，他用力地點了點頭後說道：

「其實很單純啦，都是託了教授的福。」

『哦，果然是受到他的影響嗎？』

「我想，要是教授面臨與我一樣的狀況，即使沒有任何回報，他還是會去救那個女孩吧……就如傑克先生說的，雖然我不曉得理由，但是教授在魔術方術的本事雖然不高，卻是非常非常厲害的人喔。不管是教室的學生，還是討厭教授的那些人，都承認這一點。」

然後，就像為自己感到羞恥而苦笑般，費拉特對戴在左手腕的英靈手錶說道：

「我過去……曾經因為疏忽而失敗，給教授添了麻煩。」

『就聽起來的感覺，我覺得你從平常就在給他添麻煩了吧……』

「是啊。不過那時的麻煩並不是平常的程度……當時我與一位叫路希安的朋友，被一個叫亞托拉姆的魔術師抓住了。嗯，我當時還以為自己會死呢。」

連自己的生死都能若無其事說出口的費拉特，有些自嘲地笑著繼續說道：

「可是，教授他卻做了一場豪賭來救我們。甚至不惜將他為了重要的朋友……為了即使花費一生都想見到的人所準備的重要道具放上賭桌。」

為了見面而準備的道具。

聽到這奇妙的句子，傑克恍然大悟。

——是用來召喚的……觸媒吧。

那名教授想見的朋友，恐怕與現在的自己是相同存在——也就是在聖杯戰爭中邂逅過的英靈。

若真是如此，那樣道具絕對是他人無法衡量出價值的東西。

而他為了救自己的學生，不惜將該物放上賭桌——原來如此，的確像是費拉特的師傅。或許有哪裡不太正常吧。

就在傑克如此思索時，已經做出屬於自己的結論的費拉特，臉上浮現了他偶爾會露出的寂寞笑容說道：

「如果這是只關係到我的問題，那我就會為了自己的目的，對那個女孩見死不救。或許會像那些一般的魔術師一樣，率先殺死她也說不定。」

『……』

「可是，我在身為厄斯克德司家的魔術師以前，是艾梅洛教室的費拉特．厄斯克德司啊。」

艾梅洛教室。

說出此名的瞬間，費拉特的寂寞表情消失，話中充滿了自信。

「正因為我是那間教室的人，我的人生早已不是只有我的問題了。在這裡對那個女孩見死不救的話，等於是背叛了教室與教室的同學們。對我來說，那種恐懼……與我失去『作為魔術師的目的』有同等的分量。」

『原來如此。你都說會恐懼了，那我也只能接受啦。』

然後，這次是費拉特反過來詢問傑克：

「傑克先生才是，為什麼不反對我這樣做呢？」

『唔……』

「若要在聖杯戰爭中獲勝，根本不用刻意去救那個女孩，不是嗎？我本來想說要是你強硬反對，我就只好使用令咒，可是你卻非常乾脆地接受了。」

對費拉特的發言，傑克用一副「怎麼，在問那回事喔？」的樣子，抖動錶面的指針。

『很簡單，只是因為我也受到了你的恩師──魔術師艾梅洛閣下二世的影響罷了。』

在費拉特打電話給艾梅洛二世，結果聽了兩個小時的說教時，傑克也得到一點與二世交談的機會。

當他將自己這名英靈的特質，以及想對聖杯祈求「想知道開膛手傑克的真面目」一事說出來時，艾梅洛二世流暢的嗓音──彷彿在進行魔術的講課一般──輕易地溜進傑克的內心。

──『我一直認為，所謂人的本質，是藉由與他人邂逅所形成的。』

──『在十八世紀的倫敦實際犯下殺人案件的凶手到底是什麼人，連在鐘塔內部也有許多意見分歧的黑盒子。』

──『不過，我想坦率地感謝，出現在費拉特身邊的英靈，是像你這樣性質和善的存在。』

──『無論善惡，只要能給予我那個笨徒弟任何一點影響，我認為那都無庸置疑地可以稱為是新生的開膛手傑克的一面。』

──『既不是都市傳說也不是英靈，我向你約定，我會記住「你」。生前的你是怎樣的人根本沒有關係。身為費拉特的英靈，作為在短暫期間將指示他方向的存在，我向你保證，我會把像現在這樣與我交談的你牢記在心。』

──『所以拜託你，雖然是個笨徒弟……但是費拉特就拜託你了。』

──『我既無令咒，也無法付出什麼，這純粹是我的任性……但是，請你務必要守護費拉特。』

『真是的，雖然之前就說過了，但要是繼續跟他聊下去……好像真的會被他拉攏啊。說不定他其實是有著人的外型的夢魔吧。』

維持著手錶模樣的傑克，想起當時的對話不禁露出苦笑。

『好像有句話叫做動人心弦吧。我的人生也有點被他擺弄啦，就這樣。』

接著，費拉特露出天真的笑容說：

「那傑克先生也成為艾梅洛教室的學生了呢。」

『……有殺人魔加入的話，你們會很困擾吧。』

傑克道出理所當然的事實，費拉特卻搖頭。

「已經有類似的前輩在了，所以我想應該沒問題喔！」

『……總覺得完全不像沒問題耶……』

手錶苦笑，搖晃著指針，忽然以認真的口氣說道：

『你也一樣，內心某處缺少了一大塊……不對，不是缺少呢……雖然你本人可能沒有自覺，不過你的內心含有與廣大世界的偏差，而我也為你這點懷著恐懼。』

「……」

傑克對露出不安神情的費拉特繼續說道：

『不過，這下我放心了。不是因為你有那樣的魔術師當老師，而是我感覺到了你很尊敬那位老師的生存方式這件事。只要你有這個志向，一定可以克服那個與世界之間的偏差吧。』

「……是……這樣嗎？其實我也不太清楚。我只是隱約知道自己一定與魔術師……與普通人之間有著偏差之處。」

『放心吧。每個人都是一邊感到自己某方面與世界有偏差，一邊生活著。我以這副外表來說是有點那個啦，不過世上不存在連一瞬間都不會錯亂的，時間完全一致的時鐘啊。只有為了讓時鐘的時間可以對準而努力著的人們而已。』

聽了這段話後，費拉特輕笑著說：

「傑克先生的真面目，搞不好意外是詩人之類的呢。」

『……我說了那麼輕浮的話嗎？』

「你說啦。而且，寄給警察的信上大概也寫了『來自地獄』之類的話吧？」

『……你還真敢說。』

考慮到當時的犧牲者，雖然沒有放聲大笑，但是傑克與費拉特互相交換了一個微笑後，望向醫院的方向。

「……差不多要開始了呢。」

『是啊，畢竟無法連醫院裡的住院病患都趕走嘛。患者已經以廣範圍魔術使他們沉睡，醫師則是施加認知阻礙，讓他們看不到警察隊的突入……慢著，好像不太對勁喔。』

「？」

順著傑克的聲音，費拉特的視線從教堂的屋頂平台轉向醫院前的馬路。

接著，他看到馬路上的警察們吵吵鬧鬧地指著某處的光景。

費拉特用魔術強化視力，轉頭往他們指去的方向一看——

他看到了「那個」。

一覽無遺。

一頭大小相當於成熟巨象的三頭犬，口中吐出搖晃不定的藍色吐息——以及從容站在牠背上，手裡拿著用奇妙布條纏繞的弓的男人身影。

×　×

中央醫院屋頂　儲水槽上方

「……和地獄三頭犬一起出現啊。那名弓兵是什麼人？」

正從高處眺望巨獸的，是恢復成吸血鬼青年模樣的捷斯塔．卡托雷。漢薩對他造成的傷勢似乎還沒痊癒，隔著衣服仍可窺見的肌膚上，還明顯殘留著被聖水灼傷的痕跡。

「有意思，這場聖杯戰爭還有其他的傑出人物與魔物嗎？該讓那位美麗的刺客與誰共舞呢？我得專心地仔細挑選才行呢。」

×　　×

醫院前　大馬路

由於鋪設了廣範圍的驅人結界，對平常巡邏的警察而言，都覺得大馬路上異常冷清。

不過，將那股寂寥氣氛破壞掉的存在，從道路的深處出現了。

一頭從銳牙縫隙間漏出彷彿有毒氣息的，頭部分開成三顆的巨大魔犬。

那是在神話故事與電影中都看到膩的，名為「地獄三頭犬」的存在。警察隊的人花了好一會兒才察覺到這件事。

眼前魔犬的動作帶給警察們的震懾與恐懼，就是如此遠遠地超過他們印象中的地獄三頭犬。

周圍的魔力，濃密得彷彿使大氣都沉澱了一般。

站在背上的弓兵也是，見到他沐浴在那股魔力中也不為所動的樣子，倘若他手裡拿著的不是弓而是大鐮刀，論誰都會相信他是死神而尖叫發狂吧。

巨大的地獄看門犬在來到警察們的面前時一度停下腳步，低頭瞪著周圍的人們。

接著，背上的弓兵以莊嚴的聲音，向啞然失聲的警察隊問道：

「……體內棲宿了英靈的幼童，人在哪裡？」

一邊如此詢問，弓兵轉身朝向醫院所在的方位。

恐怕他的問題，是在詢問少女身在哪層樓的何處吧。

警察隊的一人擠出勇氣對弓兵問道：

「要是告訴你，你打算……對她做什麼？」

「不用說，唯有依循聖杯戰爭的誡律，正面屠之一途。」

警察們一陣騷動。

這名一看就能感受到有別於平常英靈的強悍存在——

纏繞其身的威懾感，強烈到讓前幾天與己方交戰過的刺客，看起來都顯得可愛的存在——

居然說出要將毫無意識的女童「堂堂地正面屠殺」之類的話。

「……別開玩——」

明白那句話的意思，一名警察不禁發出憤怒的吶喊。

但是他的怒吼卻被轟聲掩蓋而消逝。

弓兵作為威嚇而放出的箭刺入柏油地面的同時炸開，產生了將近十公尺的小型隕石坑。

站在一旁的數人也被捲入爆風中，其中有幾人就這樣失去意識。

「不願回答也無妨，別礙事。」

接著，弓兵用力拉開弓。

警察們對他的意圖感到疑惑，但立刻就明白了。

這名弓兵打算僅靠著自己的弓，將這座十層樓高的大型醫院破壞殆盡。

見識過那光是輕微的威嚇射擊，就能在柏油地上造出隕石坑的威力後，沒有人會認為這是荒唐之舉。

接著，在警察們阻攔的動作出現前，全力拉滿的弓隨即放出攻擊。

「嘖！來這一套啊！」

×　×

捷斯塔比其他人早一步察覺到弓兵的意圖，一腳踏破自己所站的供水塔。

然後靠著不知何種力量自由操作溢出的水，使其全力衝向射擊而來的箭。

接著水便炸開。綻開的水花如煙火般，撒落在燈火通明的城市。

勉強擊歪的箭就這麼將醫院的屋頂削開一部分，朝著天空的彼端消失。

「真是的，警察隊是怎麼回事啊？你們不更加努力點，可是會令我十分困擾呢。」

一邊聲援著數天前被自己親手摧毀的警察隊，捷斯塔露出嘲諷般的笑容嘆道：

「雖然只要先把繰丘椿化成我族就安全了……不過這樣一來刺客就會毫不猶豫地殺死她吧，那樣就沒意思了。我就是煩惱這一點呢。」

喃喃自語後，他注意到一項關鍵，搖了搖頭。

「不，說起來憑那丫頭的體力，身體會承受不住，在變化前就死掉吧……」

×　×

「……是魔物嗎？」

地獄三頭犬背上的阿爾喀德斯，望向剛才在周圍張開水盾的存在。當他看到那名身上纏繞的既不是英靈，也不是神靈氣息的男人後，阿爾喀德斯一邊警戒對方，一邊站到地面上。

「有礙事者在，你就咬死他們吧。」

以寶具「十二榮耀（Kings Order）」召喚而來，過去作為考驗之一所捉到的地獄看門犬。

阿爾喀德斯對不存在於現世的巨大魔獸下達指示，自己則是為了全力摧毀醫院而拉起弓，仔細地觀察在醫院屋頂上的「敵人」。

——果然，那股氣息不是使役者啊。

——氣息也與那名自稱女神的女人不同。

——恐怕是星球產下的猛獸……有著人型的涅墨亞獅子嗎？

想起覆蓋於自己臉上之毛皮的原主，阿爾喀德斯又加強了警戒。

在他思考要從「十二榮耀（Kings Order）」中追加顯現出什麼的時候——背上出現微弱的衝擊。

不過，說是感覺微弱，也是因為此人是阿爾喀德斯。原本的力道應是足以貫穿裝甲車的車體的威力。

被涅墨亞獅子的毛皮擋下的，是一名警察隊的人所投出的槍。

「……可惡……哪有被彈開的道理啊……又是這種模式嗎！搞什麼！什麼玩意兒啊！你也是那種叫死徒的混蛋傢伙嗎……！」

就像要呼應如此嚷嚷的警察般，周圍接二連三降下疑似警察隊的寶具所做出的遠距離攻擊。

「……愚蠢。」

阿爾喀德斯揮弓掃落攻擊，而在過程間射出的一箭，再次使道路上出現撞擊坑。

——地獄三頭犬在做什麼？

雖然才剛命令牠咬死這些人，可是警察隊的人沒有減少的跡象。

不對，反而有增加了的感覺。

「……唔？」

阿爾喀德斯察覺到了。

警察隊的人數確實比剛才增加了許多。

更進一步地說，地獄三頭犬「確實按照著阿爾喀德斯的指示工作」。

並排的三張大嘴裡分別咬著數具人體，身邊壓著的十幾名警察即使如此仍在試圖進行抵抗。

見到這副光景，警察們似乎也察覺到了狀況有異。

「喂、喂……」

「那些被吃掉的人……是誰？」

就在阿爾喀德斯聽到警察們困惑的呢喃而皺眉時——

他的眼前又出現十幾名警察，並且率先向地獄三頭犬衝了過去。

那些人並沒有拿著疑似寶具的武器，只是握著手槍與警棍，雜亂無章地去挑戰地獄三頭犬。

像是爭先恐後地想被吃掉一般。

「怎麼可能，這到底……」

「沒什麼不可能的。」

朝來自背後的聲音回頭一看，站在身後的是一名平凡無奇的警察。他一邊眺望與自己一樣的無數警察逐漸被吃掉的景象，以瘋狂的笑容說道：

「我原本就自稱為來自地獄的罪人，是贖罪無門的殺人魔。」

「讓地獄的看門犬不停啃咬撕裂，正好呢。」

那名警察說話的同時，與阿爾喀德斯展開對峙。

一樣只拿著普通手槍與警棍，就這麼朝凌駕地獄三頭犬的凶惡魔人走去。

「連那個冥界的魔犬都聽令於你，雖然出乎我意料，但不是哈帝斯顯界了吧？」

瞬間——阿爾喀德斯全身纏繞漆黑的怒氣，滿是憎惡地對警察發聲：

「弱者啊……就算是因為看到了比自己強大的力量，我也不允許你將我與諸神那些愚者相提並論。下次再犯，我就要你付出比死亡還更昂貴的代價。」

聽到這話，警察的臉上浮現了毫無畏懼的笑容說道：

「我只是想試探你，若是有所冒犯，我向你道歉。原來如此，看來你的確不是神。若你屬於神的親屬，或許我就會強行連繫因果來成為你了……」

「……？」

「看樣子，我無法變成你。不過……你的本質我明白了。帶著地獄三頭犬再加上對神的憎惡，我大概能推測出你的真面目——否定神的大英雄啊，恐怕過去的你，體內也流著那種血吧。」

不知用了何種手段，警察似乎已經進入阿爾喀德斯的靈基中刺探過了。

接著，有著警察外表的那個人，明知阿爾喀德斯是名強者，仍拿著武器撲向他。

「那麼，我就視你為人吧。然後……將你當成人類，徹底地殺死你！」

×　×

「那個不是幻術啊。那到底……是什麼？居然真的生出實體，讓地獄三頭犬不停啃食。」

看著醫院前大馬路上發生的光景，捷斯塔皺眉說著。

在自己思考著該不該也全力迎擊，還是直接綁架椿逃走的時候出現的神祕警察。

一開始朝著地獄三頭犬過去後，馬上就接二連三出現一樣的警察，如今已經讓地獄三頭犬的爪子與口腔都達到飽和狀態。

甚至還進一步攻向那名不尋常的弓兵，在一邊增殖其身的同時，一邊與他持續交戰著。

「還有那種性質的英靈存在嗎……？那到底是哪個國家的英雄……？」

×　×

——我究竟看到了什麼？

「二十八人的怪物」的一人，約翰．溫高德想著。

映入剛得到全新義肢的他眼中的人，有著與自己人一樣的警察身影。

但是，那名警察卻不是他們的同伴。

在弓兵周圍現身、被擊倒，然後消失，接著不知何時間又以無傷的狀態現身，就算那身軀被削切，甚至被箭矢貫穿，同樣的警察仍不斷地在挑戰那名英靈。

看著那副模樣，約翰的理智清醒了。

——我在發什麼呆啊。

——快點，我也要去援護那個人……

當約翰想衝上前時，有人將手搭在他的肩膀上，阻止了他。

約翰回頭一看，是名與正和弓兵交戰的警察有著一樣外表的男人。

「那是我的『獵物』，你別來跟我搶。退到安全的地方去吧。」

「可、可是……」

「你們的工作，是保護繰丘椿。別白白浪費我主人的決心。」

聽到這句話，約翰明白了。

這個男人，就是那名叫做費拉特的青年的英靈。

雖然不知道他是何等存在，不過該把這邊交給他處理嗎？

就在以約翰為首，周圍的「二十八人的怪物」成員都在如此思考時，弓兵開口了：

「弱者啊……報上名來。」

於是那名警察拉開一步的距離，抿嘴一笑後回：

「我沒有名字。」

接著，當青年回過神時發覺警察的身影增加為兩人，增加的警察以相同嗓音說道：

「偉大的英靈啊，與時代一同改變身姿，造就豐功偉業的同時依然活在神代傳說中的存在，即使我是微不足道的區區罪犯，也有一事能告知於你。」

警察的人數越發增加，變成四人並從四方對弓兵斷言道：

「想必你有抱持同等覺悟的理由……不過，假如你基於那份覺悟而否定神之威光！假如你否定神的所有惡行與善行，並拋棄一切！」

八名化為警察以外等形形色色樣貌的「某物」，其吶喊聲迴盪於市區道路上。

「……不論你有何等強悍的力量，如今的你，確實是如你所期望的『人類』！」

十六人嘶吼著對弓兵的靈魂訴說。

「淪落為惡棍，且成就為人類的英雄！無論你是何其偉大的英雄！即使身懷破壞世界的力量！」

三十二人露出無所畏懼的笑容，才以為他們就要包圍弓兵時——那些人影竟全體吸收至最初的一人身上而消失無蹤。

「只要本質還是人類……想必你就會遭到尋常且無力的『殺人魔』狩獵。」

接著，在警察與紅黑色弓兵眼前——

殺人魔開膛手傑克（無名的狂戰士）貫徹前面那番話而吶喊。

喊出暴露自身本質，為了斷絕大英雄命脈而擊出的寶具名稱（王牌）。

「——『惡霧同倫敦拂曉一同消滅逝去』！」

於是——在醫院與教堂之間，現世的地獄就此顯現。

×　×

「難道……莫非是那樣？那個……真的是那麼回事嗎！」

屋頂上的捷斯塔露出充滿驚喜的笑容，眼中充滿光輝。

「傑克……傑克、傑克、傑克！是開膛手傑克（Jack the Ripper）嗎！」

從對方自稱是殺人魔與喊出的寶具名稱，捷斯塔導出了這個答案。

接著，看著眼前正開始擴展的「世界」而露出恍惚笑容的捷斯塔，又像是不甘心地放聲大吼：

「啊啊！啊啊！美麗的刺客啊！為何妳此刻不在這裡！為什麼沒有同我一起欣賞這片光

景！」

本來差點就想使用令咒，但是臟腑深處的欲望，好不容易才維持住他的理性。

「不、不行，不能再浪費令咒。為了要讓她墮入絕望，最後與我殉情，無論如何都得留下兩畫令咒才行……」

自內心發出懊悔的呻吟後，他改變態度吶喊道：

「那麼，就由我來將這副景致烙進眼裡吧！之後再去告訴她！」

接著，他繼續讓讚揚開膛手傑克的聲音迴響於醫院屋頂。

「哦哦！傑克！傑克！傑克！傑克！世上最不純的獵奇！由人類的妄想而育成的純粹惡夢！」

一邊敞開雙臂開心地迴轉，一邊露出愉悅至極的表情，吸血種捷斯塔不斷讚頌老舊的都市傳說。

「既是無力的反英雄，亦是將夜晚的黑暗染上恐怖的都市傳說！用著連那個瓦拉幾亞之夜都追不上的速度將恐怖散播於世間的毒辣之化身啊！來，讓我見識吧！在真正的『傳說』面前，你是會不幸地消失，還是以全新的黑暗之身報一箭之仇呢！」

「世界就是這樣才有趣！美麗的刺客啊！我就將這個滑稽的地獄獻給妳吧！」

×　×

就如同吸血種的叫喊一樣，在醫院與教堂之間，顯現出一片地獄。
周圍一帶籠罩著濃霧，行道樹全部化成了未曾見過的藍黑色植物。
由阿爾喀德斯造成的撞擊坑中充滿了赤紅的岩漿，並冒著劇毒蒸氣。
人面蝙蝠在空中飛舞，小鬼模樣的火焰包圍了交通號誌四周。
甚至出現被煤燻黑了的大樓的幻覺，令人想起了倫敦的小巷——
但是，那裡沒有任何人影。
既沒有因饑餓而盜取麵包的小孩，也沒有將小孩打死又搶走麵包的人，沒有使麻藥蔓延的毒犯，也沒有從中榨取金錢的警察。
霧中浮現的，只有模倣那類人的行為玩耍著的小惡魔身影。
也就是說——這片地獄，不過是場滑稽的人偶劇罷了。
毫無現實感，宛如童話中才會出現的南瓜燈籠在街燈下笑著。
不過這些事物，同時也是開膛手傑克誕生的時代的人們所懷抱著的欲望之體現。
又或者，若這是傑克的另一種面向，那這副光景就是「由栩栩如生的人類惡意所連鎖，毫無救贖的地獄」了吧。

不過，傑克藉此機會顯現於地上的地獄，可以形容成「由惡魔這個絕對之惡造成的人類之墮落」，也可以形容成是將所有的悲劇、人類的惡意都推給「懇求一切皆是惡魔所導致」這種想像的產物，由這種扭曲的願望誕生的人造地獄吧。

而在這扭曲的蒙稚地獄中——只有一個「正牌」混在其中。

「……」

阿爾喀德斯與「那個」正面相對。

那個的身高約有五公尺左右吧。

站在猶如人偶劇的「地獄」上頭的「那個」，伴隨著生動的肉感。

宛若由藍莓與毒蟲混合成的，格外奪目的藍紫色皮膚。

在異常發達的長臂前端，長著如同發光軍刀般的長爪。

如同從骷髏變成魔獸般的臉上，露著長而扭曲的角與銳牙。

而在背上展開的雙翼，如焚燒屍體而升起的黑煙般搖曳的同時，「那個」的周圍也正不斷冒出深濃的影子。

「————」

地獄三頭犬看著「那個」，向對方一躍襲去。

然後位於「那個」的胸部一帶較薄的皮膚膨脹起來，散發野蠻光輝的心臟鼓動響徹四周。

鼓動速度加快的同時，「那個」的眼睛閃爍紅光——

自雙眸放出的熱線，於瞬間貫穿地獄三頭犬的身體。

「————」

三顆頭洩出了如同自地獄響起的吼聲，震撼了待在馬路上的「二十八人的怪物」的鼓膜。

不過，地獄的看門犬並未因此斷命。

魔獸此刻更暴露出其鬥志，以巨大的軀體一躍，嘗試以其三口銳牙撕裂「那個」的身體。

然而，就在三口銳牙接觸目標的前一刻——

「那個」從上方重重揮落的爪子，斜斜地朝著地獄三頭犬的身體揮下，將其毛皮連同五臟六腑及背骨斬開，鮮血四濺。

伴隨低沉的一聲「咚！」，地獄三頭犬的身體倒臥地面。

二十八人的怪物個個瞪大雙眼，從教堂窗戶目睹此景的漢薩．賽凡提斯則皺眉嘀咕：

「……不是真正的惡魔啊。是身為幻想種的暫時性存在嗎……不對，可是即使是暫時性的，居然能化成如此兇惡的存在……」

漢薩一邊按住自己的眼罩，一邊看著費拉特的英靈變化成的事物——也就是一般人大多稱之為「惡魔」的存在，喃喃自語。

「若不知道那是英靈……現在已是請埋葬機關來的時候了。」

「……沒有哈帝斯那傢伙的加護，就不及神獸的水準嗎？」

阿爾喀德斯看了一眼倒地的地獄三頭犬，吐出此言。重新面向站在眼前的龐大巨影。

「你說過因為我是人類，所以會死是吧？弱者啊。不過，你現在化成的魔獸，正是會被人類之手所消滅的存在不是嗎？」

對於挑釁說著的阿爾喀德斯，傑克扭曲著那對與人類已經相去甚遠的純白眼球，露出笑容。

僅僅只是笑著。

「……錯了，你說的不對啊，從諸神的奴隸騰達成人者啊。」

看到惡魔的眼眸再次發光，阿爾喀德斯採擺出了防禦態勢。

然而——

襲擊他的，卻是從意想不到的死角出現，來自背後上空的攻擊。

「唔嗚！」

回頭看向貫穿肩頭的熱線時——出現在眼前的，是飛翔在空中，姿態完全一樣的惡魔。

「人類是擊不倒我等的。因為人類是『誕生我等』的愚者與賢者——不過是用來同類相食的餌食罷了。」

與此同時，從別的方向又飛來一道爪擊，將阿爾喀德斯的身體深深打入化為地獄石階的道路中。

然後，真正的地獄就此開始。

當被打入地面的阿爾喀德斯望向天空時，眼裡所見到的是——

化身成惡魔的敵對英靈分散成數十名、數百名在天上飛舞的大軍，正俯視著自己的光景。

開膛手傑克的寶具「惡霧同倫敦拂曉一同消滅逝去」，是將「傑克的真面目是來自地獄的惡魔」之謠言作為能力體現化的成果。

據說這是從由傑克所書寫的信中所撰之一句「From Hell（來自地獄）」而傳開的傳說。當傳到了比都市地區更有濃郁的迷信行為的地方時，就成為「開膛手傑克是惡魔，或者是被惡魔附身，是惡魔崇拜者」的逸話深深紮根了。

在以這力量化成惡魔之時——傑克又將自己擁有的另一件寶具疊合使用。

──「其不值慘劇之終焉。」

Natural born killers

──「開膛手傑克不是獨自一人，而是集團。」

以這類逸事為基礎而組成的寶具，將「傑克的犯案是由彼此間毫無關係的犯人所犯下的，世上的所有人都能成為開膛手傑克」這種傳聞，到「開膛手傑克是當時實力強盛的邪教儀式」之說法等各種要素都囊括其中。

最大人數雖然會根據主人的魔力強度而有所變化──但是與費拉特・厄斯克德司搭配的狀況下，已可確認最大能同時「分散」至五百一十二人。

雖然在同時展開兩件寶具的狀態下，實在無法分散數量到那個地步──即使如此，還是輕易地分散出超過了兩百名惡魔，向阿爾喀德斯這名「人類」展開攻擊。

站在地上的阿爾喀德斯還來不及採取任何行動，接連不斷的攻擊就一一打中他的身體。尤其是這些攻擊並非出自武器，所以他的「涅墨亞獅子的毛皮」的力量並不管用，這點也成為沉重的打擊。

由於肉體仍保有原有的頑強，所以沒有被撕得四分五裂，但還是有部分攻擊貫穿了阿爾喀德斯的肉體，讓爪子與灼熱抵達了臟腑。

毫無間斷的連擊如雨般灑落，阿爾喀德斯陷入了甚至無法站起來的狀況。
要是所謂地獄的責罰苦痛真的存在，肯定就是指此刻的狀況。
看著一切的警察如此想著，甚至連害怕都忘了，啞口無言。
飛舞於空中的絕對強者懾服住不同的強者之身影，讓這些觀眾甚至體會到了某種美感。

「喂……成、成功了嗎？」
「話說……把那個……當成同伴真的好嗎？」
警察隊的數名警察冷汗直流地嘀咕。
那個真的控制得了嗎？
身為其主人的費拉特到哪裡去了？
不安的他們雖然看向了教會屋頂，但是那裡沒有費拉特·厄斯克德司的身影。
這個狀況更挑起了恐懼，使每個人都因此無法發聲。
那名弓兵已經連原型都不留了不是嗎？
就在其中某人這麼想的瞬間——狀況迎來了變化。

「……幹得漂亮。」

周圍才剛響徹這低沉卻洪亮的聲音，位於凹陷成缽狀的柏油路中央的阿爾喀德斯，將身體曝向了飛來的惡魔之爪。

伴隨著沉悶的聲音，爪子深深刺入了阿爾喀德斯的肩膀，周圍的人都認為這搞不好會成為致命傷。

但是，阿爾喀德斯按住了那將爪子刺入其肉體的惡魔之臂，以空出的手抓住打算咬向自己的一顆巨大的惡魔之牙。

其他的惡魔雖然一起發射了熱線進行攻擊，但是阿爾喀德斯沒有鬆開抓緊的手。

然後，他發出讚賞。

對這名被自己評為不值一提的英雄。

承認了這名絲毫不具備神性的近代殺人魔，的確是自己的敵手——

他發自內心地道出讚賞之言。

「……弱者啊，做得很好。虧你能對我窮追不捨至此，虧你能爬到如此高度。」

「……？你……在說什麼……」

似乎是有某種不祥的預感，化身惡魔的傑克開了口。
但是阿爾喀德斯無視他的話，又繼續說了下去。
「你構築成的東西，確實有價值。用『射殺百頭（Nine Lives）』來對抗雖然也可以，不過……你的力量並不是只須擊倒的無價值之物。」
「……？」
「無名的殺人魔啊，我就懷著敬意對你篡奪吧。」

「你有奪取的價值。」

然後，復仇者發動自己的寶具。
既不是「十二榮耀（Kings Order）」，也不是「射殺百頭（Nine Lives）」。
是出於復仇者這個扭曲的職階才得以發動的，隱藏的第三件寶具。

「——『吹天風之篡奪者（Reincarnation Pandora）』」

這瞬間——命運將一切的希望與絕望交替互換。

飛舞於空的惡魔群，瞬間變化成無力的人類，失去飛行能力的無數傑克紛紛墜落地面。

「混……蛋……難道你……」

就連正讓爪子刺進阿爾喀德斯肩膀的傑克，也逐漸變回了警察的樣貌。

睜大了眼的傑克此刻看到的是——

與自己到剛才為止長的一樣，從布間露出的角，背上生著如黑煙般的雙翼，更重要的是渾身纏繞的魔力比至今更濃烈了數倍的阿爾喀德斯之身影。

×　×　×

從頭到尾目睹這一切的捷斯塔．卡托雷，臉上笑容盡失。

接著，他露出連觀看英雄王與恩奇都的決鬥時，都未曾顯露過的認真警戒神情，低聲說道：

「居然是將他人的寶具……奪取過來的寶具……？」

×　×　×

絕望支配了大馬路。

從教堂窺伺外面情況的漢薩，看見了與剛才為止的局面完全互換的光景。

站在變回普通人的傑克面前的，是捨棄了神之力，如今連人也不是的一名魔人。

不對，若是借用傑克的話語，那個的的確確是「由人類誕生出的事物」。

只是將人類扭曲了的絕望納入其身而改變樣貌的他，到底還算是「人類」吧。

漢薩一邊思考著，一邊輕啜了一口不知何時拿在手上的罐裝咖啡。

由於從窗戶的角度看去，醫院的儲水塔附近正好形成視覺死角，所以他尚未察覺到自己在追逐的吸血種此刻就身處於醫院一事。

即使如此，他還是全身保持最大限度的警戒，瞇著眼嘀咕：

「原來如此，這就是聖杯戰爭。英靈之間的戰鬥嗎？」

「難怪言峰大人會身亡。看樣子，我或許也該做好各種覺悟呢。」

×

「你奪走了……我的……力量嗎……」

狂戰士微弱的聲音在路上空虛地迴盪著。

地獄不知何時已經消失，那股氣息完全圍繞到了阿爾喀德斯的周圍。

阿爾喀德斯俯視著力量用盡而倒臥於地的狂戰士，答道：

「……要恨就恨吧。篡奪者這種批判，我已經慣於承受了。」

「哈哈……怎麼可能。英雄行使的篡奪會被稱作傳說吧？」

「……還真是有力的諷刺啊。不過，此地不存在英雄。在這裡的，只是一名接下來要去絞殺幼童，令人憎惡的邪門歪道罷了。」

堅定地如此斷言後，阿爾喀德斯撿起掉在一旁，完好無傷的弓。

接著，他將箭搭上弓弦，同時彷彿有些不捨地說道：

「再會了，偉大的殺人魔啊。這是一場很好的較量，我沒想過以人類為對手，會用到這種地步的力量呢。」

「你稱我為人類？我都化成過那副姿態了。」

「變形什麼的只是瑣碎之事。雖然我不知道你的名字，但是我會將今天這場戰鬥銘記於心，在此與你約定。」

「……」

傑克靜靜地倒臥著，等待自己的終結之時。

──真諷刺啊。沒想到「現在的我」會得到敵我雙方的肯定之詞。

──啊啊，說起來，主人倒是從一開始就肯定我了呢。

──還說我身為神祕存在很帥之類的話。真是的，那個主人啊……

傑克苦笑地瞇起雙眼，阿爾喀德斯放開拉滿的弓──

就在箭鏃即將抵達傑克心臟的瞬間，他的身影頓時消失，不留蹤影。

「……是嗎，會在之前便用盡令咒的蠢蛋，只有我的主人了吧。」

由令咒發動的強制轉移。

阿爾喀德斯對在千鈞一髮之際拯救了自身使役者的主人感到欽佩，慢慢地環伺著四周。

還留在此地的，是分別拿著疑似寶具武器的警察們。

他們雖然起初愣住了，但是似乎終於想起了自己的本分，一人接一人地架起武器，緩緩接近阿爾喀德斯。

「……哼，寶具嗎？雖然不知道你們為何能湊到這麼多，但是就讓我來確認它們的真正價值吧。」

阿爾喀德斯渾身湧出銳利的敵意。

雖然直到剛才為止，阿爾喀德斯都視警察隊為不值一提的存在，但是經過了剛才的戰鬥後，無論是輕視對方不過是人類，或者對其置之不理的念頭都已然不存。

而事實上，那些持有寶具，僅僅只是普通人的警察們，也正朝著自己前來。

他們並不是毫無膽怯，只是克服了那份感情，阻礙在名為「死亡」的自己的面前吧。

「好膽量。你們的眼神，比阿爾戈船上的鳥羽（卡拉伊斯與仄忒斯）好多了。」

一邊流露著罕見的愉快笑容，一邊打算全力殺戮的阿爾喀德斯搭箭上弓的瞬間——

讓那股氣氛化為虛無的某人，自遙遠的高空翩然降落。

「咕哈……咕哈哈哈哈哈！呵哈哈哈哈哈哈哈哈！」

高揚的哄笑響徹了大馬路。

警察隊與弓兵抬頭一看，在那裡的是黃金的弓兵。

黃金的弓兵──英雄王看著長出角與雙翼的阿爾喀德斯，臉上浮現滿滿的笑意。

「你這還真是……怎麼說呢，變得挺像個男子漢了嘛，雜種啊！不過你再怎麼身為雜種，還真沒想到會變成如此混沌的姿態啊！」

他站在教堂的鐘樓上，一邊俯視道路全體，一邊發出與平常相同的聲音：

「我還想說出現了什麼罕見的景色才前來一看，沒想到是這麼討我歡心的玩意兒。原來如此，或許你其實意外地擁有當小丑的才能呢。」

看來他是待在水晶之丘頂端的時候察覺到騷動，為了看看地上的光景而降臨此地。警察隊雖然掌握著他位於水晶之丘最上層的情報，但是由於這次原本就是預定以不局限於英雄王的完全隱密行動來進行，所以好像完全把他的事拋諸腦後了。

「來了嗎，強悍的王啊。」

阿爾喀德斯抿嘴一笑，毫不在乎對方的挑釁放開弓。

然後，在他打算發動新的「十二榮耀（Kings Order）」的瞬間──

中央地區的大道上，又出現了新的闖入者。

「喂──現在這是什麼情形呀？」

聽到從教堂陰影處傳出的悠哉話語，眾人隨之望去，出現在那裡的是警察隊見過的容貌。
他們並未以什麼特殊的方式華麗登場，而是「極其自然地」來到這個現場。
其中的一人，是讓混雜了紅髮的金髮隨風飄舞的劍兵。
阿爾喀德斯戒備似的停止動作，英雄王雖然瞥了一眼，但或許是對他毫無興趣，沒做出任何發言。
看到這些英靈們和地面上的衝擊坑，以及倒臥在地的警察們，劍兵詢問身邊面貌年幼的兵士：
「好像和我聽說的不同耶？你不是說他們要採取隱密作戰嗎？」
被劍兵問到的士兵——西格瑪面無表情，用平淡的語氣回答：
「狀況在移動期間出現變化了，如此而已。」
「是喔，那就沒辦法啦。」
在反覆進行著如此日常般對話的英靈與士兵身後，披著斗篷的女刺客也自然地現出身影。
警察隊雖然在見到她時驚訝地皺了眉頭——但是出現有別於他們反應的，是待在醫院屋頂上的人。

×　　×

「……喂，那群人是誰啊？」

對刺客在此出現之事覺得是場命運，而正想愉悅嘶吼之際——捷斯塔看向跟在她身邊的兩名男性。

他的臉上完全失去表情，直瞪著那兩名男人。

「為什麼，會待在我的刺客身邊……？」

冷淡的眼神裡充滿著純粹怒氣的同時，吸血種靜靜地繼續說道：

「而且……為什麼？美麗刺客的身體，沒有被我的魔力所玷汙呢？」

× ×

「沒事吧，傑克先生！我馬上使用治療術式……！」

位於教堂後方的廣場上——傑克無視慌忙的費拉特，一邊感覺著一一聚集的英靈們的氣息，一邊咯咯發笑。

不只那名弓兵，還有未曾見過的英靈正在這座城市闊步橫行，互相爭奪彼此的傳說。

覺得像自己這種都市傳說參與其中實在奇怪，他有些自嘲地低喃：

「原來如此……我的確來自地獄啊。不過，這裡也宛若一處地獄啊。」

×　×

然後——比那群人稍晚一點，又有一名英靈正在前往醫院前的大馬路。

儘管這是他受喚而來後首次外出，但他卻像對一切瞭若指掌地在道路中央闊步行進。

「真是的，就說了別讓作家來做肉體勞動的事嘛。」

亞歷山大・大仲馬一邊抱怨，一邊確實地往醫院前進。

當然，警察局長並不知道這個事實。

要是知道了，肯定會用令咒召回他吧。

不過，聽聞部下的受害情況後正手忙腳亂的局長，無法連大仲馬的動向都顧及到。

正因為大仲馬明白此事，他才會像這樣親自走向現場。

不過，在臨近能從遠處看到全體狀況的距離後，他便不再向前進了。

取而代之的是，他面露著與往常相同的大膽笑容——攤開不知何時出現在手中的卷軸。

「既然演員都展現勇氣了，那我也來稍微更改一下順序吧。」

接著，他看著遠方的義肢警察——約翰，咯咯笑道：

「我不會讓你只當個飽受驚嚇的角色就下台的……像你這種小子，才該成為英雄啊。」

大仲馬一邊喃喃自語，一邊靜靜地在卷軸上開始撰寫「故事」。

那是他贈與自己中意的演員們的，代替花束的小小禮物。

「……火槍手們（Musketeers'），挑戰風車（masquerade）吧。」

就在演員們自身也不知道這齣故事有何意義的情況下——悲喜劇的舞台靜悄悄地，卻也確實地即將揭開下一階段的簾幕。

接續章

「某日，在天上」

第三日　早晨

『接下來是氣象預報，首先是發生於拉斯維加斯西部的低氣壓的後續——』

電視機上播放的內容，是一如往常的情報。

市民們看了往後的氣候資訊，各自懷著一喜一憂的心情前往上班地點。

目前的史諾菲爾德市，尚未發生混亂恐慌。

法迪烏斯對此結果大致上還算滿意。

大部分的騷動都能由自己這邊掩蓋過去，現在也確認了即使發生某種程度的大規模事件，只要拜託法蘭契絲卡就能抑制到一定的程度。

「昨晚在醫院發生的事件，該怎麼處理呢……刺客也是，差不多到了他要著手暗殺迦瓦羅薩的時候才對……」

如此思考時，法迪烏斯專用的隱密通訊有了反應。

該通訊不是出自史諾菲爾德的內部人員，而是來自負責支援他的「真正幕後黑手」——華盛頓的特別部門。

「……我是法迪烏斯，請問有何指教，將軍？」

『……你看過新聞了沒？』

法迪烏斯聽到他稱為將軍的穩重男性的聲音，目光轉向剛才播過的城市新聞上。但是從這些播報中沒看到重要的新聞，所以他切換到城市外的廣域節目。

然後，他看到新聞裡正播著下任總統的有力候選人病逝的消息。

「哎呀……人人都說他肯定當選耶，真是不幸。不過這和將軍的部門沒有直接關係吧？」

『……你該不會與這事有關係吧？』

「？您的意思是？」

『不只是他。光是昨天午後，從金融界的大人物到主流媒體的主持人，乃至說客團體的領導者，總計有三十五人都突然意外身亡或者急病逝去了。而且全是與白宮有密切關係的人。』

「……」

『驗屍的結果，都是無庸置疑的意外身亡與病逝。但是也正因如此，有部分人士認為這種巧合不可能與魔術沒有關係。在這種時機上發生，會懷疑與你們的儀式有關係也是無可厚非吧。』

嫌疑尚未釐清——語中帶有此意的將軍在告知法迪烏斯後大嘆一口氣，回到公務般的口吻。

『目前還沒向總統報告這件事。要是你知道這件事與史諾菲爾德的儀式有所關連，就立刻聯絡我。』

法迪烏斯思考著有關這日後被描寫成「美國的受詛咒之日」，記載於都市傳說書籍裡的一天所發生的種種狀況。

然後他獨自上網，調查了那三十五人身亡的時間與場所，並在地圖上標記後連起——結果發現這些是以迦瓦羅薩．史夸提奧的根據地為中心，將距離該處不遠的場所依序連接在一起的狀況。

彷彿就像從史夸提奧的根據地出發的死神，將沿線發現的目標見一個殺一個的表象。

法迪烏斯不是光靠這些就能斷言「和哈山．薩瓦哈沒關係吧」的大人物，而且，他也不是臉皮厚得能裝作沒看到的人。

目前尚未知悉最重要的迦瓦羅薩的生死，就算他死了，也能預測到會暫時被史夸提奧的魔術師們瞞住消息。

「哈山……你到底在哪裡……又在做些什麼呢……？」

事態演變至此，法迪烏斯總算察覺到了。

如今這場「儀式」波及的範圍不僅在史諾菲爾德內——其詛咒已經開始擴展到了美國全土。

而且，這恐怕是法蘭契絲卡從一開始就祈望的事。

彷彿要追打為此感到愕然的法迪烏斯一般，新聞中的播報員發出了慌張的聲音。

『現在要報導的是氣象預報的續報。發生於拉斯維加斯西部的低氣壓，目前觀測到它突然增強威力，形成了超大型的颱風！』

「……？」

從映在電視機上的衛星圖像，可以確認到直徑超過八百公里的超大型颱風。

『這種動向史無前例——』

『在死亡谷國家公園則刮起了沙塵暴……』

『預測其行徑路線，將會直撲史諾菲爾德市……』

『……還真的是筆直前進耶……這種現象有可能發生嗎？』

『就好像颱風擁有意識一樣。』

『現在不是說笑的時候了。』

混沌的情報形成的漩渦，自此開始流動。

法迪烏斯直覺性地察覺了來龍去脈，半放棄般地仰望天花板嘀咕道：

「到底……是誰？是哪個陣營做的？」

「那些人……到底想把什麼喚來這座城市(祭壇)……？」

×

×

史諾菲爾德　上空二十公里處

「來，快點進來吧。」

這裡是普列拉提的工坊所在的超巨大飛行船。

菲莉雅站在其氣球部分的上方，遠眺西南方的天空。

看到呈現在圓弧狀地平線前方的，即使以地球規模所見也相當巨大的雲團時，菲莉雅不斷滿意地點頭。

「很好很好，雖然是從看似與任何地方都沒有連繫的『枝』拉過來的，不過呢，反正只是短期內，就算沒有也沒關係吧？若是那個時代的『我』，應該也勉強能使用權能才對。」

然後她彷彿在看著可愛的寵物般，對位於遙遠數百公里前方的雲團伸出手，直接向對方說道：

「放心吧，在你抵達前我都不會出手的。大家一起來復仇吧。」

雖然滿面笑容，但是卻完全沒有人類的感覺，某種意義上來說，是種充滿了與巴茲迪洛完全相反的恐怖的表情。

接著她的笑容更浮現出只能形容為邪惡的殺意，朝向下方。

「……對那兩個毫無禮數，又不知感恩的傢伙呢。」

×　　×

法蘭契絲卡的工坊

「飛行船上面的人從剛才開始就好恐怖啊——」

「不用在意啦。反正她瞪的人不是我們，而是待在地上的那兩個人啊。」

聽著普列拉提的安慰發言，法蘭契絲卡仍「噗」的鼓起臉頰。

「真是的——別在這裡反恨對方，快點去別的地方不行嗎……」

「因為就算把壞掉的女神資料當成對手，也一點都不有趣啊！」

×

×

對正下方的抱怨發言一無所知，依附在菲莉雅身體裡的「那個」，以彷彿像在疼愛自己般的聲音，向位於遙遠西方的颱風喊道：

「等你抵達這邊，我馬上就讓你恢復原貌喔……」

「好好期待著吧，天之公牛（Gugalanna）！」

Next episode [Fake05]

CLASS
狂戰士

主人	費拉特·厄斯克德司
真名	開膛手傑克
性別	依變身的對象更動
身高、體重	依變身的對象更動
屬性	中立、惡

肌力	寶具以外會依據變身對象進行調律	-	魔力	寶具以外會依據變身對象進行調律	-
耐久	寶具以外會依據變身對象進行調律	-	幸運	寶具以外會依據變身對象進行調律	-
敏捷	寶具以外會依據變身對象進行調律	-	寶具		B

保有技能

千貌：A

能將自己變化成被認為是開膛手傑克之真面目職種的人類、物質之類的事物，
並將化身對象擁有的技能弱化至Ｅ級後使用。

霧夜的散步者：B

以別的職階顯界時，以附帶的「霧夜的殺人」技能所變化而成。
只要在夜晚，就能得到同等級的遮蔽氣息的效力。

職階別能力

狂化：一　由於基本屬性即為瘋狂而出現反轉效果，遭到封印。
不過那個封印是極其危險的事物。

寶具

From Hell
惡霧同倫敦拂曉一同消滅逝去

等級：A+～E-　類別：對人寶具　範圍：１～20　最大捕捉：一
基於「開膛手傑克是為惡魔」之說法，使其姿勢變化成身為幻想種的惡魔之姿。
由於是以周圍人等懷抱的潛在恐懼與不安作為基盤，會依據半徑5km內的人口密度的高低改變威力，
在無人的荒野頂多擁有大型猛獸水準的強度。在都市區的話，能發揮出與武鬥派使役者相當的力量。
由於是取自人類自行想像出來成為天敵的惡魔之姿，所以對人類時會有特攻損傷。

Natural born killers
其不值慘劇之終焉

等級：B　類別：對軍寶具　範圍：－　最大補充－
基於「開膛手傑克是為集團」之說法形成的寶具。能依據主人的魔力量多寡製造大量的分身。
每具分身皆可謂為本體，留下的最後一具會自動成為本體。
最大數量是依靠主人的魔力量，要是變身成強力的存在，分身的數量也會相應減少。

CLASS

真術士

主人	法蘭契絲卡・普列拉堤
真名	法蘭索瓦・普列拉堤
性別	不明（喚出的靈基是男性）
身高、體重	152cm 38kg
屬性	混沌、惡

肌力	E	魔力	A
耐久	D	幸運	B
敏捷	C	寶具	A

保有技能

幻術：A

顯示其在魔術中，幻術特別卓越的技能。到這個級別甚至超越人類，連對環境都能夠瞞騙。

精靈的弟子：B

向某座湖的精靈們學過魔術的證明。魔術的效率大幅提昇。

神性：E-

雖然混雜了某神之血，但由於是遭驅逐的神故等級低落。
與纏繞著別西卜的傳承交互組合後，才勉強顯現為E級。

職階別能力　陣地作成：B　道具作成：B

寶具

Grand Illusion

螺湮城並不存在，故世間狂氣乃永無止盡

等級：A　類別：對人寶具　範圍：1～10　最大捕捉：10人

讓盟友見到別西卜的身影，或者他（她）自身就是別西卜的化身這種傳說，與普列拉堤原本擁有的幻術及血統交互組合後昇華成的寶具。是甚至超越了環境，連世界本身都能瞞騙的大魔術，甚至可對手產生被封閉進固有結界之中的錯覺。不過，幻術終究是幻術，沒有固有結界程度的力量。

Prelati's Spellbook

~~螺湮城教本~~（※無法使用）

~~等級：EX　類別：對理寶具　範圍：1～99　最大捕捉：1000人~~

普列拉堤由於親自調合的藥之影響而失去理性時行使魔術的結果，導致他以天文學般的機率連繫到了「絕對不能連繫的地方」，只好在曾為魔術禮裝的白紙經典上以義大利文寫入其之理，將「連繫」本身進行封印。故再也無法重現，並將唯一能打開連繫的魔導書讓給了身為盟友的騎士。雖然只要對方不以靈魂的層級交還這本書，就永遠無法使用這件寶具，但說起來，真的會有再會的那天嗎？

後記（由於會大幅洩漏本篇劇情，因此推薦在閱讀完本篇後觀賞）

我：「我曾說過會用五集就結束這部作品吧。那是謊言。」
奈須老師：「早就知道了。」
三田老師：「不如說，你怎麼沒在第三集的時候就發現這件事啊？」

所以呢……非常抱歉。不僅是主要的三個陣營，把所有陣營的篇幅都寫得滿滿的結果，以及將Fate/GO的第七章與終章玩過了的結果，就是主要故事情節變得相當長……說起來這集也是，當我寫到原定要在第四集寫出的部分的一半時就發生「咦？已經累積一本的篇幅了？」的狀況，發生了前一集最後的預告情節成為本集終盤內容的狼狽結果。原因在於我的預測太天真，以及敗給了「不想讓傑克和哈露莉陣營乾脆退場，想像綾香等人一樣好好描寫他們……」這種欲望的我的軟弱之心所致。因此，對有過「以為五集就會結束才買的耶！」這種想法的讀者們很抱歉，要是你們願意再多奉陪我幾集那就太好了……！

那麼，我想看到最後的讀者應該對於「為何要等到打完ＦＧＯ第七章才要繼續執筆？」的這件事得到答案了吧。沒錯……關於在構思情節的階段就已經存在的那位「女性」，雖然距離某天奈須老師告訴我「對了對了，她啊，會在ＦＧＯ裡與◎◎◎融合後登場，請多指教嘍」之後已經過了好長的時間，但是我實際看到動起來的「她」時，有了一種想法。

「ＯＨ……聽到『不懂人心的殘酷存在』這種說法時，我本來還想把這角色塑造成很歇斯底里型的小人物，雖然與◎◎◎融合了，卻會成為這麼好的角色之存在，我能將之設定為馬上就會死的棋子嗎！不，辦不到！」我以這種感覺進行了角色修正，結果構思的情節也大幅增加了呵呵。不過，正因為我受到那個優秀的角色吸引而在遊戲裡將其培育得非常強大，也可說是讓我重新有了幹勁。

奈須老師：「她沒和任何人融合時的原本個性？把遠坂凜和露維雅潔莉塔相加後除二，再把像人類的那一面大幅抽掉就好啦。看，很簡單吧？」

我：「您……說得……還真是……輕鬆……呢。」

像這樣，Fate系列仍然不斷地持續誕生如新作動畫、ＦＧＯ還有EXTELLA等作品，成為了我這種寫外傳作品的作家的活力之源。

欣賞著動畫版ＵＢＷ篇與在ＦＧＯ、EXTELLA等遊戲裡享受有歡笑有淚水的故事同時，雖然與遊戲沒有關係，卻對於有著外傳作品作家之立場的我與三田老師而言也是「●●老師在這次的劇本裡硬塞了新的設定進去耶！而且還因為很有趣所以沒被唸！」會像這樣喘著粗氣的緊張場面。

三田老師：「SN的術士的主人，居然是體格標準的大叔啊！因為這個亞托拉姆是石油王啊，可惡！」

我：「可惡！設定，拿設定來啊！既然如此我也要來場大騷動（Baccano）！」

三田老師：「有啦，成田！這個八成是奈須老師做好卻沒用到還遺忘掉的設定！」

我：「哦哦！幹得好！」

以這樣的情緒哇哇地大吵大鬧，有時還過著一邊與《冰室的天地》的磨伸老師一起想些壞主意，一邊進行作業的生活。雖然反覆琢磨設定很辛苦，卻是很有價值的作業。

關於著名的近代魔術師，由於要隱蔽神祕的關係，所以在型月世界裡也可能不是魔術師，所以請不要被大仲馬的台詞迷惑了……聖日耳曼？哈哈哈（裝傻）。

附帶一提，這次雖然出現了「瓦拉幾亞之夜」這個詞彙，或許在有追隨其他 TYPE-MOON 作品的讀者中會有人產生「哦？」的想法。或者，對前一集時就有出現過的「二十七祖」一詞，就已經感到不解了也說不定。

因為Fake這部作品，也是「雖然有與SN一樣的結果，卻形成完全不同的世界」的部分之一，希望各位能關注Fate世界於今後的展開。

關於偽術士的逸事與其他角色等，基本上都參考了傳記與考察書籍裡的逸事軼聞，不過要是發現那些資料與本文中提及的有所出入時，希望大家能判斷成是為了讓故事精彩而這麼寫的，並且一笑置之……！

以下是向各位關係者致謝的部分。

因為截稿日的關係，這次也被我添了許多麻煩的責編阿南，以及編輯部的各位。

以東出祐一郎老師、櫻井光老師、磨伸映一郎老師、水瀨葉月老師、星空めてお老師為首的各位Fate關係人士。

還有不僅為我監修了魔術與艾梅洛二世的台詞部分，還在書腰上寫了很棒的推薦文的三田誠老師，謝謝您！（註：此指日本書腰）

以及在過密的工作排程中，為我完成美麗插圖的森井しづき老師。

最重要的是，創造出名為「Fate」的作品，為我監修本作的奈須きのこ老師&TYPE-MOON的各位，還有以漂亮的演出與故事提昇我的想像力的Fate/GO的各位工作人員——最後是拿起本書，讀到這裡的各位讀者。

真的非常謝謝你們！

２０１７年３月　「等這個修羅場結束後，我要玩地平線或薩爾達……」　成田良悟

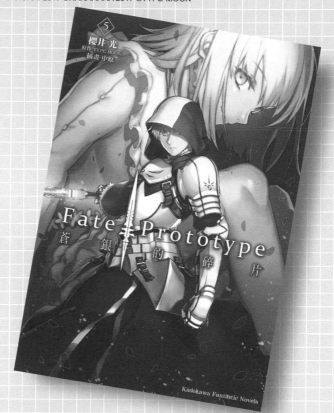

國家圖書館出版品預行編目(CIP)資料

Fate/strange Fake / TYPE-MOON原作；成田良悟作；小天野譯. -- 初版. -- 臺北市：臺灣角川, 2017.12-
冊；　公分
譯自：Fate/strange fake
ISBN 978-957-8531-29-1(第4冊：平裝)

861.57　　　　106019817

Kadokawa Fantastic Novels

Fate/strange Fake 4

(原著名：Fate/strange Fake 4)

2017年12月25日 初版第1刷發行
2023年6月30日 初版第4刷發行

作　者：成田良悟
原　作：TYPE-MOON
插　畫：森井しづき
日版設計：WINFANWORKS
譯　者：小天野

發行人：岩崎剛人
總編輯：蔡佩芬
編　輯：黃怡珮
美術設計：莊捷寧
印　務：李明修（主任）、張加恩（主任）、張凱棋

發行所：台灣角川股份有限公司
地　址：104台北市中山區松江路223號3樓
電　話：（02）2515-3000
傳　真：（02）2515-0033
網　址：www.kadokawa.com.tw
劃撥帳戶：台灣角川股份有限公司
劃撥帳號：19487412
法律顧問：有澤法律事務所
製　版：尚騰印刷事業有限公司
ISBN：978-957-853-129-1